真紅の背反

Katsura Izumi
和泉桂

CHARADE BUNKO

Illustration

円陣闇丸

CONTENTS

「……イリヤ」

人気《ひとけ》がまったくない聖堂は、陽《ひ》が射《さ》さずに膚《はだ》寒いのに、驚くほどに華やかで色彩に満ちている。正教会特有の金色に輝くイコンの前で佇《たたず》んでいたイリヤ・シュレーゲルに、背後からいきなり誰かが声をかけてきた。

「え？」

振り返ったイリヤを見下ろす長身の青年は、凛々《りり》しく男らしい顔立ちをしていた。

彫りが深く、端麗な彫刻のように整った面差し。茶褐色の髪に、ヘーゼルの瞳。

その炯々《けいけい》と光る、生命力に満ち溢れた目。

「俺だ。覚えてないのか？」

力強い声に、記憶が揺さぶられる。

「……アレクサンドル？」

突然、過去と現在が繋《つな》がった。

「そうだよ。会いたかった……！」

いきなり強く抱き締められて、イリヤはたじろぐほかなかった。

動揺していた。

敵の組織であるパルチザンへの潜入捜査を命じられたイリヤは、自分を面接する幹部を待っていた。

その相手が、まさか、このオデッサにいる数少ない知り合いだったとは。

「横顔を見たらすぐにわかった。ずっと、おまえに会いたかったんだ」

「……僕も」

アレクサンドルを抱き返すか迷い、イリヤは彼の背中に回しかけた手をずらして、彼の二の腕に添える程度にした。

胸が苦しい。

心臓が激しく脈打っている。

大人の男性に成長を遂げたアレクサンドルの体温と匂い。間近で彼のすべてを感じ、イリヤは胸がいっぱいになるのを実感した。

あたたかなぬくもりが、凍えていた心を溶かすようだ。

あの夏の日々、アレクサンドルが自分に与えてくれたものはそれほどに大きかったからだ。

会いたかった。会いたくて、会いたくて……ずっとずっとこうして触れたかった。

そのためだけに、自分は耐えてきたのだ。

「でも、残念だよ。ミーチャは……ドミートリィは間に合わなかった。兄貴はドイツ軍に

殺されたんだ」

「…………」

思わずイリヤは言葉を失う。

自分だ。

ほかでもない自分こそが、ドミートリィを死に追いやったのだ。

ドイツ国防軍陸軍――それが今のイリヤが所属している機関だ。

それを口にすれば、敵対組織のアレクサンドルに復讐《ふくしゅう》されても文句は言えない。

けれども、自分には使命がある。犬死には絶対に許されない。

真実を口にできずにイリヤが黙り込んだのを、ショックのためだと受け取ったらしく、アレクサンドルは痛ましげな視線を向ける。

そうだ。敵だろうと何だろうと、関係ない。

ドミートリィの遺言どおりに、彼だけは守らなくてはいけない。

たとえ命に代えても、アレクサンドルのことだけは。

1

汽車は煙を上げながら、森林地帯から田園地帯へと移動していく。単調な田園風景が続いたあと、遠くにぼんやりとした何かが浮かび上がってきた。

最初は煙だろうと考えていた九歳のアレクサンドル・ニコラエヴィチ・ウリヤノフは思わず身を乗り出し、煤《すす》に汚れたガラスに額をくっつけた。

「見えてきた！　見えてきたよ！」

ウィーンが近づくにつれ、次第に街並みは整然としたものに変わっていく。周囲も農地が減って建物の割合が増えてきているようで、否が応でもアレクサンドルの期待は高まっていった。

「サーシャは昂奮《こうふん》しすぎだよ」

五つ年上の兄のドミートリィ・ニコラエヴィチ・ウリヤノフが苦笑する。

「だって、初めてなんだもの」

「僕だって初めてだ」

ドミートリィが澄まし顔で言ったので、アレクサンドルは笑ってしまう。

やがて列車がウィーン西駅に停車する。ウィーンには北駅、南駅、西駅があり、各国からやって来ると到着する駅がばらばらなのだという。従って、アレクサンドルたちのように東欧経由で訪れる旅人がドイツに向かう場合は、路面電車で南駅に移動せねばならないのだとか。

「サーシャ、こっち」

ホームではバイオリンを演奏する男がおり、その周りに聴衆が集まっている。手拍子でリズムを取る人、踊りだす人、驚くほどにぎやかだった。

アレクサンドルが雑踏の光景に足を止めようとすると、それにいち早く気づいたドミートリィが声をかけてきた。

「さすが音楽の都だね」

「音楽の都？」

「ウィーンは世界的な音楽の中心地なんだよ。ブラームス、ブルックナー……あとはマーラーとか……」

ドミートリィがいろいろな音楽家を挙げるが、アレクサンドルには縁のない名ばかりだ。

「ミーチャは何でも知ってるね」

「ラジオで流れてくるんだ。今度教えてあげるよ」

勉強が好きなドミートリィは音楽を奏でる才能はからっきしだけれど、とにかく頭がよくて記憶力が抜群だ。

そんなところをアレクサンドルは尊敬していた。

駅の近くは颯爽《さつそう》とした紳士や、美しいドレスに身を包んだ少女が行き交い、アレクサンドルは頬を上気させた。迷子にならずに済んだのは、ドミートリィがずっと手を握ってくれていたおかげだろう。

駅前でタクシーを拾い、一家は問題なくホテルに着いた。

街から少し離れた地点にあると聞いていたが、ホテルは随分立派だった。木々の狭間《はざま》から白亜の豪邸が見える。二階建てくらいだろうけれど、まるで宮殿みたいだ。

「すごいね！　お城みたい」

「貴族の城館だったんだよ。ただ、ここから勝手に出ていくと迷子になるからな。一人の散歩は諦めなさい」

「僕、そんなに馬鹿じゃないよ」

父の忠告にアレクサンドルは唇を尖《とが》らせる。二人のやり取りが面白かったのか、ドミートリィは肩を震わせて笑っていた。

長旅で疲れていたはずなのに、夕食を終えてすぐに眠ってしまったせいか、翌朝は随分早く目が覚めた。

隣のベッドを見やると、ドミートリィはまだ起きる素振りがない。部屋は寝室を二つも備えたスイートで、両親も寝ているに違いなかった。

「ミーチャ。ミーチャってば」

ドミートリィを揺さぶり、アレクサンドルは「探検しようよ」と囁《ささや》いた。

「探検…なら、昨日したじゃないか……」

「昨日は暗くてよく見えなかった」

それに、どうもファサードに何やら悪魔みたいなものが彫り込んである気がするのだ。それを確かめたかった。

「外のファサードが変なんだよ」

「はいはい」

「ミーチャってば」

「だーめ……眠いんだよ」

その言葉どおり、寝返りを打ったドミートリィは再び眠りに落ちた。

「もう……」

仕方なく顔を洗ってからドアを開けると、廊下には誰もいない。さっき時計を見たら朝六時だったけれど、みんな起きるのが遅すぎる。

胸ポケットに船が刺繍《ししゅう》されたお気に入りの青いシャツを身につけて、麦わら帽子を持ったアレクサンドルは、自分たちの部屋から抜け出した。

どうやら他の部屋の人たちもまだ眠っているようで、アレクサンドルは静々と歩いた。

足音を忍ばせて階段を下り、フロントの前で中庭に続くドアに手をかけた。

一歩踏み出した中庭には、朝の光が降り注いでいる。

そんなときに、誰かがか細い声で何かを歌っているのが聞こえてきて、アレクサンドルは耳をそばだてた。

いったい誰だろう。これほど高く澄んだ声なら、きっと可愛《かわい》い女の子に違いない。

アレクサンドルが一歩一歩近づいていくと、茂みの奥に小さな空間がある。

そこに、一人の少女が立っていた。

まるで陽射しに透けるような美しい金髪。

綺麗《きれい》だ。

この世界に、こんなに綺麗な女の子がいるんだろうか……？

白い膚は雪のようで、触れたらシャボン玉みたいに弾《はじ》けてしまうかもしれない。

肩くらいで切り揃《そろ》えた金髪はきらきら光っていて、シャツとリボンタイが清潔そうだ。

触ってみたい。

抱き締めてみたら、どんな感じがするんだろう。

抗《あらが》いきれない好奇心から思わず身を乗り出した途端に、枝を折ってしまう。物音に気づいた少女が、びくっと身を震わせてこちらに顔を向けた。

彼女は驚いたように身を翻しかけたが、アレクサンドルのほうが早かった。

「待って」

言いながらも、その腕を掴《つか》む。

「やあ……僕はアレクサンドル。君は？」

「………」

「僕はアレクサンドル」

再びロシア語で話しかけてみると、一拍置いて、「イリヤ」という声が返ってきた。

イリヤ。

名前もまるで宝石みたいだ。

「君もこのホテルのお客さんなの？」

彼女は「うん」と答えて、掴まれた手を振る。

「ごめんね、女の子に乱暴しちゃって」

慌ててアレクサンドルが手を離すと、イリヤは眉根を寄せた。

「……僕は男だ」

「えっ？」

「男だ。見てわからないの？」

愕然《がくぜん》としたアレクサンドルは、イリヤをまじまじと見つめる。

確かに紺色の半ズボンからは、すらりとした脚と膝小僧が露《あらわ》になっていた。

「ご、ごめん、勘違いしちゃった！」

「いいよ、よく間違えられるから」

彼はばつが悪そうに一瞬顔をしかめたものの、あまり気に留めていない様子だった。

蒼《あお》い目が、とても綺麗だ……。

「僕はオデッサから来たんだ。君はどこから？」

「……オデッサってどこ？」

「オデッサはウクライナの街だよ。ウクライナの首都はキエフだけど、オデッサも負けないくらいに大きな街なんだ」

「ふうん……」

イリヤの関心を引こうと、アレクサンドルは必死になって行ったこともないキエフを比較対象に説明を加える。

「でね、黒海《こっかい》に面してて、『黒海の真珠』って呼ばれているんだよ」

「真珠……それはきっと素敵な街なんだろうね」

イリヤは長い睫毛《まつげ》を上下させ、夢見るようにうっとりとした様子で告げた。

「そうだよ！　プーシキンに守られてるんだって」

「プーシキンって、作家だっけ？」

「ううん、詩人だよ。オデッサの街にはプーシキンの指輪が隠されてるから、みんなでこっそり探してるんだ。僕は地下のカタコンベが怪しいって思ってる。あ、カタコンベはオデッサの街の地下にある穴なんだよ」

アレクサンドルは熱心にそう語ったが、プーシキンの指輪もカタコンベも、そこまでイリヤの気持ちを惹《ひ》きつけなかったようだ。

「あっ……それで、君はどこから来たの？　イリヤってロシアの名前だよね」

「イリヤはヨーロッパのあちこちで使われる名前だ」

なぜか厳しく否定され、アレクサンドルは首を傾《かし》げる。

「じゃあ、どこから？」

「ザクセン」

「ザクセンってドイツだっけ？　君、ドイツ人なんだ」

なぜだろう、彼は一拍置いてからこくりと頷《うなず》いた。

「ロシア語、上手いんだね。僕たちはロシア系だからロシア語だけど……ドイツでは学校でロシア語を習うの？」

「ううん。家にロシア人のメイドがいるんだ」

イリヤが少し躊躇《ためら》いがちに教えてくれたので、アレクサンドルは唇を綻《ほころ》ばせた。

初対面の彼の秘密を知ったみたいで、なぜだかとても誇らしい。

「イリヤはいつまでここにいるの？」

「来週の終わりまで。君は？」

「僕たちは再来週だよ。二週間ここにいられるから」

「じゃあ、また会えるね。さよならアレクサンドル」

イリヤが身を翻しかけたが、「待って」とアレクサンドルは呼び止めた。

「……なあに？」

不思議そうにイリヤが振り返る。

「あ、あのさ……アレクサンドルだと友達っぽくないよ。だから、サーシャって呼んで」

「サーシャ」

「そう、アレクサンドルはサーシャってニックネームだからさ」

彼は蒼い目を瞠《みは》る。

「よろしく、サーシャ」

イリヤはにこりと笑うと、それから踵《きびす》を返して建物に戻る。

まるで春風みたい。

綺麗で、やわらかくて、いい匂いだった。

アレクサンドルはぼうっとしたまま、イリヤがいなくなった方角を見つめていた。

「……こんなところにいたのか、サーシャ」

「！」

唐突に背後から呼びかけられ、アレクサンドルは躰《からだ》を震わせた。

「おはよ、ミーチャ」

「おはようじゃないよ。捜したんだぞ？」

「起こしたじゃないか。ホテルの探検をするって」

「夢かと思ったんだ」

ドミートリィは肩を竦《すく》めた。

「……何かいいことでもあった？」

「秘密」

いずれ知れてしまうけれど、あんな綺麗な子と友達になったのをすぐに教えてしまう手はない。

イリヤを見たら、ドミートリィはびっくりするに違いない。

そのときのドミートリィの顔を想像するとおかしくて、彼らが会うまでは秘密にしておこうと決意した。

それからの二週間はまるで夢のように楽しかった。

ウィーンは文化の最尖端《さいせんたん》で、イリヤ一家は末娘の目の治療に訪れていた。

ホテルに一人で残されて暇を持て余していたイリヤは、ドミートリィとも仲良くなり、皆でさんざん遊んだ。

外でかけっこをするだけじゃなくて鬼ごっこもした。そんな子供っぽい遊びで飽きてしまうとカード遊びや手品まで。

イリヤの両親は驚くほど彼らの長男に冷たく、イリヤはたいていひとりぼっちか、甲斐《かい》甲斐《がい》しく六つ年下の妹――ヴェローニカの面倒を見ているかのどちらかだった。アレクサンドルは彼らの両親の態度に憤慨したものの、ドミートリィはよけいなことを言えばイリヤがつらい思いをすると窘《たしな》めるばかりだった。

文句を言う代わりに、イリヤが退屈しないよう、アレクサンドルは家族ぐるみでイリヤを外に連れ出した。たとえばそれはシェーンブルン宮殿だったり、美術館だったり、博物館だったり。勿論《もちろん》、動物園だって訪れた。

ホテルの隣の建物は、今は無人になった貴族の館だと聞いている。最初にそこに忍び込もうと提案したのは、アレクサンドルのほうだった。

「ミーチャがお腹痛くて寝込んでるし、何か、珍しいものとかお土産《みやげ》にできないかな」

「でも、ここって人のおうちだよね？」

　イリヤはその綺麗な顔を少し曇らせたけれど、アレクサンドルの熱心さに負けたらしい。

　仕方ないと言いつつもつき合ってくれた。

　イリヤがドミートリィを気にしているのがわかっていたので、どうしても、今日は彼を独り占めしたかったのだ。

　活発なアレクサンドルに比べて、物静かで歳も近いドミートリィはイリヤと話が合うらしい。簡単なドイツ語を教わったりと楽しそうな様子を何度も見かけて、アレクサンドルはそれがひどく羨ましかった。

　自分たちの滞在期間はもう少し残っているが、互いにあと一週間も経《た》てば離れてしまうのだ。

　それまでに、イリヤと二人だけの特別な思い出を作りたかった。

　普段はドミートリィも交えて三人でいることが多いので、こんなチャンスは最初で最後だ。

　それで、ホテルの裏に位置する館に目をつけたのだ。

「今は誰も住んでいないから平気だよ」

　薄暗い屋敷の入り口には、古ぼけた肖像画やら何やらが飾られている。

「ちょっと待って、サーシャ。もっとゆっくり行かないと危ないよ」

後ろからついてくるイリヤが注意するが、彼にいいところを見せたくて、アレクサンドルはわざと早足になった。速く歩いたのは、昼間でも暗い建物が不気味だったせいでもある。外に絡まった蔦《つた》のせいか、建物の奥に入り込むにつれてぼやけたような明度になる。

「へっちゃらだって……うわっ」

「えっ⁉」

廊下の羽目板を踏んだそのとき、自分の躰が沈むのを感じた。

落ちる。

「わあああああっ」

落下するアレクサンドルに、イリヤがぱっと手を差し伸べたが、間に合わずに二人とも落ちていく。

「サーシャ！」

「イリヤ！」

どうやら、腐った羽目板を踏み抜いてしまったらしい。

躰をしたたかに打ちつけて、一瞬、呼吸ができなかった。

「…………」

二人は気づくとどこかに転がっていたようだった。

「いてて……」

躰が痛いけれど、手も足も動かせる。怪我《けが》をしたようではない。

狼狽《ろうばい》したのは、自分たちが落ち込んだ空間が完全な暗闇だったからだ。

ここはいったい、どこだろう？

「イリヤ、大丈夫？」

恐る恐る声を上げると、「うん」と返事が聞こえてきてほっとする。

「大丈夫だよ。君は？」

「ちょっとお尻打ったけど、何とか」

イリヤの姿はまったく見えないが、声は届くので近くにはいるようだ。

落ちた場所は地下だったらしく、真っ暗だった。

まるで、オデッサの街のカタコンベみたいだ。

「イリヤ、マッチとか持ってる？」

「まさか。サーシャは？」

「僕も何にもない」

どうしよう、とアレクサンドルは唇を噛《か》む。自分が怪我を負うならば、自業自得だ。けれども、イリヤはアレクサンドルに連れられてきただけなのだ。

「ここ、どこかな」

「たぶん、地下室じゃないかな。全然光が届かないもの」

「ごめん、イリヤ。僕のせいだ」

イリヤの真っ白なシャツは、今頃埃《ほこり》まみれになっているのではないだろうか。

「いいよ。止めなかったのは僕なんだから」

しょぼんと肩を落とすアレクサンドルの姿は見えないだろうけれど、イリヤは気にしていない様子だった。

「イリヤ、大丈夫？」

「僕は平気だよ。サーシャは？」

「何ともない。僕、入り口を……わわっ」

探検してみるつもりが、周りに何かが散乱しているらしく、足を滑らせて尻を打ちつけてしまう。

「どうしたの⁉」

「外に出られるか確かめようと思ったら、転んじゃって」

「この状態じゃ、何がどうなっているかわからない。少し様子を見よう」

「すごいな、イリヤは落ち着いてるんだ」

アレクサンドルが言うと、イリヤは「僕のほうがお兄さんだからね」と答えた。

「もしかして、近くにいる？」

「そうかも」

暗がりからイリヤの手が伸び、最初は肩、次に腕を辿《たど》ってから、アレクサンドルの手に行き着いた。

そして、その手を握り締めてくれた。

「こうしていて、いいかな」

「……うん」

慰《い》撫《ぶ》するように触れてくれたイリヤの手は、思いのほか冷たい。

——あ。

イリヤも怖いんだ。

年上だって思っていたけれど、知らない土地でこんなところに迷い込んだのだ。恐ろしいに決まっている。

なのに、精いっぱい、アレクサンドルを怖がらせないように振る舞ってくれていた。

それが、すごく——とても、尊くて愛《いと》おしいものに思えて。

「あのね、オデッサの街は地下にこういうカタコンベがあるんだよ」

「そういえば、前もその話をしていたね」

イリヤがそれを覚えていたのが嬉《うれ》しくて、アレクサンドルは相好を崩した。

「うん。昔、いろいろな建物を作るために石を切り出した跡なんだって。僕、ちょっとだけ見たんだけど、ものすごく怖かった。真っ暗で」

「これくらい？」

「これよりずっと暗くて、声も岩に吸い込まれてしまうんだ。だから、ここはちっとも怖くないよ。探せばすぐに、イリヤの居場所がわかるもの！」

「そうだね」

　相槌を打ちながらも、イリヤはアレクサンドルを握る手に力を込める。

「一緒に探検しようよ」

「一緒に？」

「うん、オデッサにおいでよ」

「そうだね。たぶん僕はロシア人だから、オデッサは居心地がいいかもしれない」

　イリヤはどこかつらそうに、沈んだ声で言った。

「そうなの？　知らなかった」

「父様が何も教えてくれないから、本当のことは僕にもわからないけど……」

「ふうん。でも、そういうのは関係ないよね」

「関係ない？」

「国とか、どこの人とか、どうだっていいんだ。僕たちは友達だもの」

　言葉にしてみて初めてわかったけれど、ごく自然に、そんな気持ちはアレクサンドルの心の中に芽生えていた。

だからこそ、この思いはとてつもなく尊くて、大切に思えてくる。そして、それを教えてくれたイリヤは、特別な人なんじゃないかと感じるのだ。

何かあたたかいものが、ぽたりと手の上に落ちてきた。

「イリヤ……泣いてるの⁉」

返事はない。

「ごめん、嫌だった？　僕が友達だなんて言ったから」

時々母にお調子者だと怒られることを思い出して、アレクサンドルは首を竦めた。

「違う。逆だよ」

掠《かす》れた、細い声が返ってくる。

「逆？」

「とても嬉しかったんだ……とても」

普段はおとなびた顔をしているイリヤが泣くなんて思わなくて、アレクサンドルは彼の手を無言で握り返した。

心臓のあたりが、ずっとふわふわしている。それどころか、お腹がじくじくと熱い。

イリヤと繋いだ手が、溶けてしまいそうだ。

このまま、時間が止まってしまったら素敵なのに。

怖くてたまらないけれど、二人きりの時間が、できるだけ長く続いてほしかった。

尤《もっと》も、その時間はやがて終わった。

捜しに来た大人たちに見つけられた二人はこっぴどく叱られ、アレクサンドルは父親のげんこつを食らったのだった。


ヴェローニカの治療ははかばかしくなく、イリヤ一家が一足先に帰国する日になった。

黒い上着に半ズボンを身につけたイリヤは、まるで絵のような美しさだ。

ヴェローニカが何かを告げたため意味を尋ねると、「兄様の新しいお友達の顔を見たかったんだって」とイリヤがとても落胆した様子で訳してくれた。

「僕も大事な友達の顔を見せたかったのに、残念だ」

「きっと、いつかよくなるよ」

ほかに慰める言葉を知らなかったのでアレクサンドルが言うと、イリヤは少しだけ淋《さび》しそうに目を伏せた。

「イリヤ、そろそろ行かないと」

ちっとも似ていない母親に急《せ》かされ、イリヤは名残《なごり》惜しそうな面持ちで「はい、お母様」と答えた。

アレクサンドルとドミートリィはホテルの玄関に立ち、イリヤを見つめる。

「イリヤ、また会おうよ」

勢いに任せたアレクサンドルの台詞《せりふ》に、彼は不思議そうに首を傾げた。

「会おうってザクセンに来てくれるの？」

「そうじゃなくって……あのさ、ええと……大人になったらウィーンで会おうよ！」

アレクサンドルの提案を聞いてドミートリィは「それはいい」と真顔で同意した。

「そうしよう、イリヤ」

「でも、いつ？　来年なんて無理だし……」

近い未来でさえも、約束し合えるような保証は何もない。

「十年でも十五年でもいい。そのときこのホテルで会おう」

「十年経ったら、僕は二十二歳かな。サーシャは大学生？」

イリヤの計算に、アレクサンドルは頷いた。

「なら、十五年後の夏はどうかな。お互いに働いてて、お金もありそうだ」

ドミートリィが妙に現実的なことを発言したせいか、イリヤはおかしそうに笑った。

「あ、そうだ。これを」

そう言ってイリヤがポケットから取り出したのは、細い鎖のついた小さな銀色のメダルだった。

「これは？」

「昨日、お土産物屋さんで買ったんだ。みんなで持っていたら目印になるかなって」

「目印ってどうして？」

「だって、十五年も経ったらわからないかもしれないだろ？　僕の顔だって変わってるかもしれないし」

　イリヤがそんなものを用意してくれたのは、気のない振りをして、彼もまた遠い未来の再会を望んでいるからだ。それに気がつき、アレクサンドルの胸は熱くなった。

「イリヤはきっと変わらないよ。すごく綺麗なままだと思う」

「僕は父様みたいに逞《たくま》しくなるんだ」

　イリヤが唇を尖らせたのがおかしくて、ドミートリィとアレクサンドルは顔を見合わせて笑った。

「絶対に忘れないよ。ミーチャ、サーシャ。君たちは僕の宝物だ」

　弾けるような笑顔を見せて、イリヤがそう告げる。彼が発した言葉はあまりにも尊く、アレクサンドルは目を潤ませた。

「僕も、絶対忘れない」

　イリヤがどれほど重いものを背負っているのか、アレクサンドルにはわからなかった。

　おそらくドミートリィに聞いても、よく知らないと答えただろう。穏やかで感情の揺らぎを露にしないイリヤにとって、自分たちとの出会いが何かしらの喜びになったなら、それほど嬉しいことはほかにない。

「さよなら」

意を決したようにイリヤがアレクサンドルとドミートリィの頬にそれぞれキスをして、恥ずかしそうに目許を朱に染めた。

「また会おう」

アレクサンドルとドミートリィもそれに倣う。

そして再会の約束は、三人にとって希望に満ちたものになるはずだった。

2

「それで？　鉄道の封鎖はどうだ？」

「このA地点を爆破すれば、そこまでだ。トラックでの輸送には向かないし、連中は兵站《へいたん》の輸送ができなくなる」

水を一口飲み、アレクサンドルは手許にある古びた地図に視線を落とす。

一九四三年冬。

ウクライナの一都市であるオデッサの地下壕《ちかごう》では、敵であるドイツ軍に反抗する運動家たち――いわゆるパルチザンの数人の幹部が作戦会議を行っていた。

オデッサはルーマニアに割譲され、ナチス・ドイツとルーマニアの連合軍に占領されている。ルーマニア軍だけならば恐るるに足らぬが、最大の敵は、実質的にこの地を支配するドイツ軍だった。

「じゃ、冬のスターリングラード並みに干上がるわけか」

ドイツ軍に包囲されていたソ連のスターリングラードでは市民の飢餓が深刻で、悲惨な状態だったと伝え聞いている。

その軽口めいた発言のせいか、メンバーの誰かが小さく息を呑《の》む気配がした。

ちらっとアレクサンドルがリーダーのタラス・イヴァノビチ・ボロノフに目をやると、ろうそくの火の後ろで彼が片目を瞑《つぶ》るのがわかった。

問題点を確認したいときの彼のやり方で、互いに答えはわかりきっている。しかし、聞くに聞けないままで不安を感じる仲間がいないように、あえてアレクサンドルは口を開いた。

「待ってくれ。念のためだが、それじゃ、周囲の村から掠奪《りゃくだつ》が始まるのでは？」

「あのあたりの村の連中は、みんな逃げてもぬけの殻だ。掠奪しようにも何も残っていないはずだ」

「了解、それなら問題はない」

冬枯れの今ならば畑を荒らすだけ無駄だ。

タラスは気が済んだようで、アレクサンドルからすっと視線を逸《そ》らした。ここで仮にリーダーであるタラスが疑問を持てば、実行部隊も動揺しかねない。それもあってアレクサンドルに質問をさせているのだから、タラスはなかなかの策士だった。

「サーシャ、それより資金は？」

「爆薬の調達は特に問題ない。燃料に関しては、近頃の値上がりがきついな」

ランプの細い灯火を頼りに帳簿を見ながら、ため息交じりにアレクサンドルは答える。爆弾はこの基地の狭い『研究室』で調合しているので、それなりに節約はできていた。

「燃料に関してはどこもカツカツだから、文句は言えない。いずれにしても、計画に支障はないはずだ」

「よし」

いくら計画を立てても実行する資金がなければ、机上の空論で終わってしまう。そのあたりを精査して実現可能にするのが、アレクサンドルの手腕だった。

「サーシャの了承が取れたんなら、これでいこう」

ぱん、とタラスが手を叩《たた》いた。

「解散だ」

仲間内での会合は無事に終了し、アレクサンドルは漸《ようや》く肩の力を抜いた。

「サーシャ」

立ち上がったところで声をかけられたアレクサンドルが振り返ると、タラスがちょいちょいと指を動かして自分を呼ぶ。

タラスはもとは優秀な新米弁護士だったが、祖国の危機にいても立ってもいられなくなり軍に志願したそうだ。それが今では、この一派のリーダーとして皆を率いている。年齢は六つか七つは離れているが、アレクサンドルはタラスとは妙に馬が合い、親友といっても差し支えがない関係を築いていた。

　こうして間近で見ると、彼の金髪はイリヤのそれとは似ても似つかないのに、どうしてあの美しい人を思い出してしまったのか。

　イリヤ。

　アレクサンドルはポケットの中に入っているメダルを、ぎゅっと握り締める。会議のあいだずっと弄《いじ》っていたので、メダルはすっかり体温であたたまっていた。

「急ぎでいろいろ依頼して申し訳なかったな。追加の資金はどうだ？」

「何とかなりそうだ」

　商学部生のアレクサンドルは経理を担当しており、資金集めの大役を担っている。早くに亡くなった父がオデッサの財界でそれなりに名が知れた人物だったため、己の名前を出すと実業家たちもこっそり用立ててくれるのが有り難かった。

「君のおかげで、資金がスムーズに集まって助かっている。これからも頼むよ」

「地上で楽をしてる分だけ、頑張らないといけないからな」

「何言ってるんだ。君たちは学生だ」

「学業が疎《おろそ》かになって、もう二年だよ。勉強なんて忘れそうだ」

「そろそろ、占領されて二年か……」

　苦笑するアレクサンドルの肩を叩き、タラスはにこやかに笑った。

パルチザンたちが潜む秘密基地は、どんな晴天であってもまったく陽の射さない地下の『カタコンベ』に存在している。

カタコンベ——意味としては地下墓所だが、実際には墓場として使われた事実はない。オデッサは石灰岩の上にできた街で、地下からは、昔、家を作るために多くの岩が切り出された。その空間が残り、縦横無尽の地下迷路が形成されている。

何しろ、無計画に切り開かれた空間には地図も目印もない。通路同士がどこに繋がっているのか、あるいは、どこが行き止まりなのかは、一つ一つ調べて確かめるほかない。そのうえ環境は劣悪で、一年を通して気温は十三度ほどで、湿度は百パーセント。住環境としては最悪だった。

時には身を屈《かが》めて進まなくてはいけないような低い地点や、浸水している箇所もある。特に浸水は深刻で、半年前に歩けた場所が行き止まりになることもあった。

昔は面白半分に迷い込んで死ぬ者も後を絶たず、いつしかカタコンベはひっそりとうち捨てられていたが、戦時中の今ではパルチザンが潜伏するには持って来いだった。

カタコンベは会議用の部屋だけでなく、煮炊きできる台所やトイレ、シャワー、そして男女別の寮、野戦病院、訓練場など様々な施設が存在している。

勿論、ドイツ軍もそれに気づいて何度も侵入を試みており、見張りとの銃撃戦も日常茶飯事だ。

大半の連中は日中はここに閉じ籠《こ》もり、ろうそくの仄《ほの》かな光を頼りに暮らす。仮に外出できるとしても、地上に戻れるのは夜だけだ。それも危険が伴うので、一度地下に籠もれば何日も出られない。そのような暮らしでは躰を壊す者も多く、膚は蒼白くなっていく。

「そういえば、先月君が連れてきたイワンだけど、とてもよく働いてくれている。やっぱり君は見る目があるな」

「それはどうも」

「面接は面倒だろうけど、僕たちは地上に表立って出られない。君が受け持ってくれると安心だ」

年上のリーダーに褒められるのはくすぐったく、アレクサンドルは照れを覚えて頭を掻《か》いた。

「何より、男前だ。人に安心感を与えられる」

「よしてくれよ」

「時代が時代なら、君は親父《おやじ》さんみたいな実業家としてオデッサで――いや、ウクライナ中で有名になってたんだろうな」

ふ、とタラスはため息をついた。

彼の右足は義足で、まだ動きはぎこちない。あり合わせの材木で作った不格好な義足では、このアジトを襲われたら逃げるのは無理だろう。

「それから、君の兄貴のことだ」

「ミーチャ……ドミートリィがどうしたのか？」

いきなり兄のドミートリィの話題を出されて、アレクサンドルはきょとんとした。彼は優秀な成績で学業を修めた内科医で、劣悪な環境ながらも病院で患者を診察している。

「医者がいると心強いよ。誘ってくれてありがとう」

「ミーチャが入るっていうのか⁉」

思わずアレクサンドルが声を荒らげると、タラスは驚いたように目を丸くした。

「ごめん……君が勧誘してくれたんじゃなかったのか？」

「まさか！」

「そうだったのか……ともあれ、君の兄上だ。危険な目に遭わないように配慮させよう」

「いいや。仲間になれば、ミーチャだって戦士だ。男であろうと女であろうと、老いも若きも、特別扱いは許されない」

「またそれか。君は融通が利かないな」

深刻な話題の最中なのに、タラスは破顔してつけ加えた。

「大事なことだし、よく話し合っておいたほうがいいな」

アレクサンドルの反応から、彼は自分がドミートリィの加入に反対なのだと読み取ったらしい。言葉を濁すあたりは、如何《いか》にも彼らしい判断力だった。

「おい、タラス。そんなやつと無駄口を叩くなよ」

二人の会話を遮るように声をかけてきたのは年上のボリスで、彼はアレクサンドルに敵意の籠もった目を向けたが、すぐに視線を逸らす。

「ごめんごめん。じゃあな」

「ああ、ありがとう」

どんなところでも、気の合わない人間はいるものだ。先月、リヴォリからやって来たボリスはほかの地域のパルチザンとも繋がりがあって仲間内でもそれなりに尊敬されていたが、なぜかアレクサンドルを毛嫌いしているのだ。

それにしても、平和主義者であるドミートリィが、パルチザン運動に志願してくるとは想定外だった。

アレクサンドルが運動に入りたいと言ったときは猛反対された。こっそり地雷の取り外しの講習会に出たと知られたときなど、あの優しいドミートリィに平手打ちをされた。こちらだって、血の繋がった兄だけは安全圏に留《とど》まってほしいのだが、お互い様なのかもしれなかった。

狭い地下道は、場所によって景色がまるで違う。切り出した時代のままに粗削りながらも、綺麗に整備された地点もある。階段状に細工された地点や、歩きづらい通路も混在していた。

アレクサンドルは床に座り込んだ見張りに右手を挙げて合図し、木戸を押してそっと外に滑り出た。地下道への出入り口は千とも二千ともいわれており、正確に把握されていない。時と場合に応じていくつかの巣穴を転々とし、居場所をドイツ軍に気取られぬように心がけていた。

久しぶりに吸う外の空気に、アレクサンドルは深呼吸を繰り返す。

通路の出口は、駅の北側に位置する廃アパートの中庭にある納屋で、潜るときはここで衣類を着替える。地味な外套《がいとう》を着込み、帽子を被《かぶ》って襟を立てた。中庭からはあちこちに出られるので、人の出入りが多くても目をつけられる心配はない。

本来ならば夜間の外出は極力控えるように通達が出されているが、最近では人々はそれを殆《ほとん》ど守っていなかった。

街のそこかしこに、屯《たむろ》しているドイツ兵の姿が見える。否応なしに赤と黒で彩られた鉤《かぎ》十字《じゅうじ》が目に入り、アレクサンドルは苦い気分になった。ソ連赤軍も赤地に星を軍旗に掲げているが、二つの赤が示す主義主張は対立し、相容れる可能性は絶対にない。

自宅への道のりは二十分ほどだったが、真《ま》っ直《す》ぐに向かってドイツ兵に見つかるのは業腹なので、あちこち寄り道しながらの帰路になった。

「ただいま」

ドアを開けると、途端に、あたたかな空気が流れ出す。

「お帰り！」

陽気な声をかけてきたのは、シャツを腕捲《うでまく》りして台所に立つドミートリィだった。

ルーマニアに割譲されてから、オデッサの食糧事情はかなり悪化していた。収穫の大半を接収されてしまうせいだ。そもそもウクライナの大地は豊かで、ソ連全体において穀物は四分の一以上、砂糖は三分の二以上を生産している。穀物だけでなく、銑鉄《せんてつ》と石炭の産出量は五分の三以上と、工業資源も豊富だった。資源の少ないドイツが目の色を変えてウクライナを欲しがった理由は、じつのところそこにあった。

侵略下のご時世では、美味《おい》しそうに見えるボルシチも肉はほんの少しだし、文字どおり大幅に水増しされている。甘いボルシチは家庭によってレシピが違い、共通点はサワークリームを入れて食べることくらいか。

とはいえ、大人たちに言わせると、ウクライナがこんな仕打ちを受けるのは初めてではない。十数年前に起きた大飢饉《だいききん》のときも、多くの農産物をソ連中央に徴収され、農民の大多数が餓死したという。

「早かったんだね」

「おまえが遅かったんだろ」

もともと温厚なドミートリィは、白い歯を見せて笑った。

「病院はどう？」

「患者は増えてるよ。ドイツの連中との小競り合いがあるし、それに……」

「それに？」

「ストレスに栄養失調、薬も行き届いていない……薬どころか食糧事情が最悪だからな」

「そうだよなあ」

テーブルの上を片づけながら、アレクサンドルは頷いた。

二人が暮らしているのはオデッサのありふれたアパートの一室で、食堂のほかにはそれぞれの寝室を備えている。部屋はいずれも小さくて風通しが悪いので、ドミートリィは一番明るい食堂のテーブルを使ってよく研究書を読んでいる。その傍らではアレクサンドルが簿記の勉強に励むのが、いつもの週末だった。

「おまえは地上に出ても大丈夫なのか？」

「もう目はつけられてるし、かといって、地下に籠もってると資金集めはできないよ。それより、兄さんまで組織に入るって本気か？」

「耳が早いな。アレクサンドルの兄貴ならって二つ返事で仲間に入れてくれた」

少し困ったように視線を泳がせる様に、アレクサンドルはため息をついた。

「俺は反対だ」

「どうして」

「だって、俺が義勇兵になりたいって言ったとき、兄貴は反対したじゃないか」

「あたりまえだ。おまえはまだ学生なんだ。休学して軍人になるなんて、認められるわけがないだろう」

ウクライナはかつては独立した国家で、今はロシア・ソビエト連邦社会主義共和国を中心とするソ連に組み込まれている。

アレクサンドルたちの世代はおもにロシア語で話すが、古い世代はウクライナ語に慣れ親しんでいるところにも、昔の名残があった。

ドイツと組んだルーマニア軍の侵攻に対し、当初は駐留していたソ連の独立海軍が抵抗したが、ほかの戦地の旗色が悪くなり、結果的に包囲されたオデッサを見捨てたのだ。オデッサでは無辜《むこ》の民が大勢虐殺された。

だが、もとよりウクライナの人間はコサックの血を引く勇猛な兵士だ。

残ってドイツ軍に抗う道を選んだ赤軍兵士たちがパルチザン勢力として立ち上がり、多くの市民もそれに呼応した。

スターリンがパルチザン作戦を指示しているため、数千といわれる赤軍の生き残りが主力だが、その流れを汲《く》む共産党派とウクライナ民族派、そしてポーランド国民軍が共存している。アレクサンドルたちが所属しているのは赤軍系列だが、占領下のオデッサでは資金や物資の補給もままならず、武器は最低限だ。拳銃や機関銃くらいは何とかなるものの、あとは地下の工作室で爆弾や火炎瓶を作成していた。それもあって、アレクサンドルが資金を調達する重大な役割を担っていた。

とはいえ、ウクライナの国民は一枚岩ではない。彼らの中にも、ドイツに賛同してソ連を裏切る連中はいる。結局のところ、この国は戦争の前から既に分断していたのかもしれなかった。

「それをおまえは押し切ったんだ。だったら今度は僕の番だろう」

「あのときは……必死だったんだよ」

「今は必死じゃないって？」

「そうじゃない。今だって十分必死だ。でも、俺はオデッサの街をぼろぼろにしたくなかった。あの子に……」

「あの子、じゃないだろう？」

言葉尻を捉《とら》え、彼はにやっと笑う。

「――イリヤに、だ」

十年以上前に旅先で出会ったドイツ人の少年の面影は、未《いま》だにアレクサンドルの胸の中に宿っている。

そしてそれは、あとからイリヤと知り合ったドミートリィにとっても同じだったようだ。

「俺はいつかイリヤがオデッサに来たときに、惨めな姿を見せたくないんだ」

ドイツ人は敵だ。

この街と人々をいとも簡単に踏み躙《にじ》り、多くの屍《しかばね》を作り出した。

確かに、オデッサでの戦闘はおもに郊外で行われたものの、その爪痕《つめあと》は深い。

けれども、どれほどドイツ兵が憎くとも、イリヤは別格だ。何よりも、あれほど綺麗で優しかったイリヤがナチの思想に染まるとはまったく思えなかった。第一、彼の妹のヴェローニカは目が見えなかったのだ。障害を持つ人々を差別するナチの主義主張を、妹を慈しんでいたイリヤが受け容れるなどあり得ない。

「どう考えても、おまえのそれって初恋だよな」

「……はあ!?」

いきなりのからかうような発言に、アレクサンドルの声がひっくり返った。

「何でそうなるんだよ」

「イリヤの話になると、おまえの目の色が変わる。ほら、心拍数が上がってるし、ほっぺたも赤くなってるだろ？」

「そんなことないよ……それはミーチャが変なこと言うからで……」

掌《てのひら》が汗ばんできたようで、アレクサンドルは頬を染めた。

思春期の頃は、イリヤの夢を見て下着を汚してしまった朝もある。狼狽するアレクサンドルに対し、ドミートリィは揶揄《やゆ》せずに冷静に人体のメカニズムを教えてくれた。

だからこそ、ドミートリィにはすべてばれているだろうが、それでも、気恥ずかしさから取り繕わずにはいられなかった。

「確かにめちゃくちゃ綺麗だったし、最初は女の子かと思ったよ。でも……」

「イリヤは男だって？　それで人を好きになる気持ちを止められるならそれでいいけど、理屈じゃないだろ？」

自分の抱いている感情は、ひどく不自然だ。

そうは頭では理屈がつくのに、片時もイリヤを忘れた日はなかった。

綺麗で、優しくて、そして強い。

なのに、イリヤは守ってあげたくなるような繊細さを持ち合わせていて、それがどうしようもなく魅力的なのだ。

おかげでどんなに素敵な相手と恋仲になっても、まるで長続きしなかった。

我ながら神格化しすぎだと自覚しているのに、理屈ではどうにもできなかった。

「イリヤもおまえに会ったら驚くだろうな。あのときの可愛い弟分が、こんなむさ苦しくなってるんだからな」

「悪かったな」

アレクサンドルはふて腐れる。

「まあ、ともかく、僕がパルチザンに加わってもかまわないだろ？　一刻も早く、戦争を終わらせてイリヤにオデッサを見せたいって思うのは、僕も同じなんだ」

「そうだけどさ……」

「イリヤのおかげで、僕は国境なんて意味がないって知った。人種とか、国籍とか、そういうものは関係ない。人と人が争い合うのは無意味だと思えるのは、彼のおかげだ」

「それはいいとしても、兄貴は医者なんだ。医療は国の礎だ。何かあったときに、あんたが残らなくなったら困る」

「今日、カタコンベの野戦病院を見せてもらったが酷い環境だ。不潔だし、あれじゃ感染症になってしまう。医者がいくらいても足りないのは頷ける。だが、有能なやつが一人増えれば状況は変わるかもしれない」

　否定はできない。

　一人の力は大した意味がないと決めつけるのは、アレクサンドル自身の矜持《きょうじ》にもかかわるからだ。

　戦争が始まって間もなく両親を相次いで亡くし、二人で肩を寄せ合うように生きてきた。早世した彼らが今の自分をどう思っているかは、わからない。もとより両親はソ連に組み込まれる前のウクライナを知っていたので、彼らは自由が失われた故国を嘆いている様子だった。けれども、それですらも今よりはましだ。

かつて起きたオデッサの虐殺を思い出すと、身震いをしてしまう。どれだけの命が奪われたか、それを考えると眩暈《めまい》がする。

「どうしているんだろうな、彼」

「お父さんが会社を経営しているって言っていたよね。きっと、跡を継いだんじゃないのかな」

「ウィーンも今やドイツの占領下だ。どこもかしこもドイツになってるとは皮肉な話だ」

アレクサンドルの言葉に、ドミートリィは神妙な顔で頷いた。

3

オデッサ駅に辿り着いたイリヤ・シュレーゲルは、初めての地であたりを見回した。

上官のクラウス・フォン・アーレンベルクならば、気を利かせて誰か迎えを寄越してくれるのではないかと期待していたが、それは浅慮だったようだ。ドイツ兵はそこかしこに歩き回っているものの、人待ち顔の人物は皆無だ。

あるいは、着任したら自分の足で街を見て回るようにという彼なりの配慮なのかもしれない。

仕方ないと息を一つつき、トランクを片手に歩きだす。どのみちオデッサはそう大きな都市ではないので、司令部までは徒歩で事足りると聞かされていた。

駅のメインホールの床は見事な寄せ木細工で、正面はドリア式円柱とアーチで飾られている。新古典主義のエレガントな建物であり、外に出るとどことなくフランスに雰囲気が似た街並みは想像以上に華やかだった。さすが、『黒海の真珠』の名は伊達《だて》ではない。

ドイツ国防軍の地区司令部が置かれた建物は海沿いの公園近くに位置し、すぐにわかった。軍服のドイツ兵たちが一際多いし、軍用車も止まっているからだ。

「君」

貴族の館を接収しているらしく、門は壮麗な作りだった。しかつめらしい顔つきの歩《ほ》哨《しょう》に敬礼して来意を伝えると、簡易身分証明書《ケンカルテ》の確認の後に中に通された。

国防軍の外套を脱いだイリヤを見かけた下士官はさっと頬を紅潮させ、ぎくしゃくした足取りでイリヤを二階の一番奥の部屋へ案内した。

「大佐。お客様をお連れしました」

「どうぞ」

くぐもってはいるが、張りがある美しいテノールは確かにクラウスのものだ。

「ありがとう」

イリヤは下士官に礼を言って、ポケットに中に入れたお守りを握り締めてから、何食わぬ顔でドアを開けて室内に足を踏み入れる。

室内を一瞥《いちべつ》すると、クラウスは机に両脚を投げ出した酷《ひど》い姿勢で、新しい部下の到着を待ち受けていた。

ドイツ国防軍の制服は、総統《フューラー》の私兵である親衛隊《SS》のそれと同様に機能美を兼ね備えている。

臨時司令官らしからぬ乱れた姿勢ではあったが、国防軍の制服をこれほど優雅に着こなす人物も珍しかった。艶《つや》のある黒髪に、灰褐色の瞳。高い鼻梁《びりょう》。端整な面差しに不遜《ふそん》な笑みを湛《たた》え、彼は敬礼するイリヤを見つめていた。

「本日付で着任した、イリヤ・シュレーゲル中尉です。ご無沙汰しております、大佐」

イリヤを含めた将校たちは自らの着用する制服をそれぞれ仕立屋に特注するが、クラウスも同様だ。細かいところまで工夫が凝らされ、厚い胸板を覆う制服はどこまでも端麗で、冷酷ささえも漂わせる。

それが元貴族の家である司令部の豪奢《ごうしゃ》さに、よく似合っているのだ。彼が座する椅子や机には繊細な彫刻が施され、あたかも一枚の絵のような見事さだ。

クラウスの背後には襟に毛皮をあしらった軍用外套が掛けられているが、その仕立て代だけで何人の飢えた子供たちが救われることか。彼はそんな事情を歯牙にもかけず、惰性で自分の身を飾るのだ。

「らしくもないな。旧知の人間に対しては随分他人行儀な挨拶だ」

低音が鼓膜を擽《くすぐ》り、ぞくっとさせられる。

「ここは戦地で、あなたは今日から私の上官です。規律を乱す真似《まね》はできません」

「堅苦しい物言いだな。冷静なのは軍人としては利点だが、つまらん大人になったじゃないか」

不満げにクラウスが鼻を鳴らしたので、イリヤはため息をつきたくなった。

軍隊に身を置いても、やはりこの男は何も変わっていない。

つまり、これからもクラウスに振り回されるのは決定づけられたようなものだった。

実際、クラウスは不遜で優雅で頽廃《たいはい》的で、それでいて、とてつもなく魅力的な男だった。

彼がその気になれば、政治家にでも宗教家にでもなれただろう。だが、クラウスは他者の救済になど一切興味を示さず、なぜか軍人として働いている。彼が一つの歯車となった理由が、イリヤには今ひとつ納得できていなかった。

「ほら」

人差し指を動かされて、イリヤは素知らぬ顔でクラウスを見やった。

「何か？」

「こちらに来て、顔を見せてごらん」

「老眼にはまだ早いでしょう」

クラウスは十歳年上だから、三十五歳の男盛りで老眼にはほど遠いだろう。

「君の美貌が健在か、間近で確かめたいだけだよ」

面白そうな顔になったクラウスはくくっと笑い、投げ出していた足を下ろす。そして、椅子のところまでやって来たイリヤを、すべてを見透かすような淡い色の瞳で眺めた。

「もっとだ」

仕方なくイリヤが後ろで手を組んだまま上体を屈めると、クラウスが右手を伸ばす。ドイツ人にありがちな握手かと思って右手を差し出すと、彼は握り締めた手を自身に向かって引いた。

「！」

一気に距離が縮まり、彼はイリヤの頬を左の指先で撫《な》でる。昔はよくわからなかったけれど、触れるか触れないかのやわらかさで頬を辿る独特のタッチは、無意識の官能を煽《あお》るためのものだと今なら理解し得た。

息が、耳朶《じだ》を擽る。

懐かしいコロンの匂いに胸がじわりと疼《うず》いたようで、イリヤは自制しようと自分の手に爪を立てた。

片頬ずつにキスをされ、解放されたイリヤはあからさまに顔をしかめた。

「帝国《ライヒ》の人間とは思えませんね」

自分もした経験がある挨拶だが、それを棚に上げ、イリヤはクラウスを軽く詰《なじ》る。

「君たちは誰もが堅苦しすぎる。その点では、どうもドイツの水は性に合わなくてね」

「そういう発言はあなたの身を危うくしますよ。盗聴マイクがあったらどうするんです？」

「毎朝チェックさせている。それに、君が黙っていてくれればいいだけの話だ」

クラウスは人懐っこく笑って片目を瞑るが、台詞には情報部出身の人間らしい用心深さが滲《にじ》む。

「まったくあなたは……お元気そうで何よりです。奥方とご子息は？」

「ウィーンに移ったよ。君もベルリンからの長旅、大変だったろう。パルチザンたちに何度も線路を爆破されて、補修が追いつかない状況でね」

通り一遍の労《ねぎら》いの言葉に対し、イリヤは首を横に振った。

「師団の行軍の厳しさを思えば、今回のような移動は楽なものです」

「そうだな。故国から千四百キロも行軍させるとは、ＯＫＨ《オーカーハー》の連中は正気じゃない」

直截《ちょくせつ》な発言をされたところで、一介の将校が同意するわけにも、あるいはクラウスの尻馬に乗って上層部を批判するわけにもいかず、イリヤは言葉に詰まった。

ちなみにＯＫＨとはドイツ陸軍総司令部、ＯＫＷ《オーカーヴェー》はドイツ国防軍最高司令部の略称で極めて紛らわしい。ＯＫＨはおもにソ連と戦う東部戦線、ＯＫＷは英仏と戦う西部戦線と、受け持ちが違っていた。そしてイリヤは、クラウスの口利きでＯＫＷの情報部《アプヴェーア》で働いていた。情報部においてイリヤの仕事は、敵の暗号を解析してそれを分析することだった。

クラウスが情報部の人間であり、若かりし頃は各地で内偵を行っていたと知ったのは、迂闊《うかつ》にも自分が否応なしにそちら側に組み込まれたあとだった。

情報部は当然ながら、陸海空軍と密接なかかわりを持ち、人材交流を欠かさない。クラウスはＯＫＨに戻ると東部戦線において頭角を現し、今やオデッサの司令部を実質的に取り仕切っていた。彼の有能さは、その軍服の勲章の数が物語っている。

戦況が悪化する中、彼はベルリンの情報部に残っていたイリヤを、なぜかこの街まで呼びつけたのだ。

「こんなときにだんまりをするようなお利口さんだったとは、私は君の資質を見誤ったかな。それとも、ここに来るあいだに見たくもない現実を見せつけられて、疲れているのか？」

「私は軍人です。何を目にしようとも動じません」

我ながら、二律背反もいいところだ。自分の外見よりも本質を見てほしいと願うくせに、いざ、親しい間柄のクラウスにこうして見抜かれると狼狽してしまう。

「君の目的は何かな、シュレーゲル中尉」

「この愚かな戦争を終結に導くことです」

「君のこれまでの働きはそれに相応《ふさわ》しかったと？」

無論、相応しかったとも。

周囲の多くの人々を裏切り、己の手を汚し、イリヤは自分なりにできることをしてきたつもりだった。

それもこれも、あまりにも無残な戦争を終わらせるためだ。

「——自負しております」

イリヤは冷ややかな笑みを口許に湛え、クラウスの美貌を見下ろした。

「結構」

「それで、私をベルリンからあえてここにお呼び立ていただいた理由は？　どの中隊を率いればいいのですか？」

中尉の職務を考慮すればどこかに欠員が出たのだろうと思っていたが、クラウスは意外な言葉を告げた。

「個人的に、仕事を頼みたい」

クラウスは姿勢を変え、デスクの上で両手を組んだ。

「君も知ってのとおりだが、我々はパルチザンの抵抗に手を焼いている」

「よく存じています」

第一次世界大戦で敗戦国になったドイツは、講和のヴェルサイユ条約において苛酷な制約を課され、特に軍事面では規模や装備において大きな制限が与えられた。

ワイマール共和国では国際社会の監視の目をかいくぐって密かに軍備を増強していたものの、国家社会主義ドイツ労働者党《NSDAP》が権力を握ってから、政府は公然と軍備拡大に乗り出した。

総統はヴェルサイユ条約で失った旧ドイツの領土の回復及び、ドイツは東部に領土を獲得すべきだという古くからの思想『東方生存圏』の発想から、ボヘミアなどの東部に勢力を伸ばすべきだと考えていた。

その野望を実現すべく動いた結果、ドイツはソ連のみならず英仏を敵に回し、戦争が起きたのが四年前になる。

当初は電光石火の電撃戦や戦車を中心にした機甲師団の活躍で次々と勝利を収めたが、次第に風向きは怪しくなっていった。もともと資源の少ないドイツでは、長い戦争に耐えるのは難しい。おまけに、東西に拡大された戦線の影響で兵士の不足が問題視されている。国民の疲弊も露で、最早、勝つことではなく如何に負けるかのほうが重要ではないかとイリヤは情勢を俯瞰《ふかん》していた。

「この国のパルチザンは森に籠もってゲリラ戦を仕掛けてくると聞きましたが、このあたりで森らしい森は見当たりませんね。市街での戦闘が中心なのですか？」

「連中は文字どおり地下に潜っている」

「比喩《ひゆ》ではなく本当に地下に？」

イリヤは細い眉を顰《ひそ》める。

今なおドイツ軍に抵抗するパルチザンは、正規軍と連携しながら戦う市民兵のような存在だ。彼らはゲリラとしてドイツ軍に抗い、手を焼かせている。

カタコンベの話を最初に教えてくれたのは、アレクサンドルだった。子供の戯《ざ》れ言《ごと》だと思っていたが、そうでもないようだ。

「ああ。パルチザン対策は秘密野戦警察と野戦憲兵に任せているが、埒《らち》が明かない」

「それでは、ＳＳ行動隊は？」

「同じことだ。それにＳＳの連中は、どうにもやりすぎる。我々の仕事は支配であって殺《さつ》戮《りく》ではない。無論、ルーマニア軍は論外だ。彼らに任せては、オデッサなどすぐに取り返されてしまう」

　ＯＫＨとＯＫＷの事例一つを取ってもわかるように、ドイツの軍隊の指揮系統は細かく分かれており、内部から見ても複雑で非合理的だ。

　そもそも軍隊からして、総統の私兵であるＳＳとドイツ国防軍の二種類があり、互いに命令系統も何もかもが違う。

　一般人に対する非人道的な行為などはＳＳの特別行動隊が担い、国防軍は手を汚さずに済むという利点もあるにはあったが、二重構造が生むのは混乱と縄張り意識だ。

「昨日もドイツ軍の協力者が三名、パルチザンに血祭りに上げられた。勿論、我々も損害を被っている。特に将校たちは、襲撃される機会も多い」

「そのために、あえて私を呼んだのですか？」

「ああ、君は情報部では上からも下からもたいそうな人気だから、随分嫉みを言われたよ」

「上はともかく、部下から慕われた覚えはありませんが……」

イリヤが訝しげな顔になると、クラウスは噴き出した。

「その美貌と色香で無意識のうちに誑《たら》し込んだんだろう？　まったく君は罪深い」

「どうでしょうね。部下から餞別《せんべつ》にもらったのは、『タイタス・アンドロニカス』ですよ。どうかしている」

　意気揚々と本を携え、ベルリン駅までわざわざ見送りに来た下士官の顔を思い出し、イリヤはため息をついた。凄惨な復讐劇である『タイタス・アンドロニカス』は、あまりに残酷な内容ゆえに本当にシェイクスピアの作品かを議論されたほどだ。

「本の内容はさておき、君は優秀な情報部の将校で、ロシア語とウクライナ語に堪能、かつパルチザンには顔が知られておらず、私が誰よりも信頼できる人物だ。君を呼びつけるのにさんざん上の連中が渋ったのが何よりの証拠だ」

　それなりに軍功を挙げたクラウスの要請は拒めなかったのだろう。あるいは、彼が上層部の弱みを何か握っている可能性もある。それほどまでにクラウスは有能で抜け目がなく、なおかつ腹黒い人物だった。

「私にそこまでの能力があるかは保証いたしかねます」

「君が自分の能力を認めようが認めなかろうが、大した問題ではない。軍人になった以上は存分に手を汚してもらおう」

「軍に入れと言ったのはあなたでしょう」

「単なるアドバイスだよ。それに、ヴェローニカを――シュレーゲル家を守るためには最良の手段だろう？」

クラウスは口許を歪《ゆが》め、皮肉げにイリヤの顔を窺《うかが》った。

イリヤの妹であるヴェローニカ・シュレーゲルは、生まれつき目が不自由だ。両親が如何に手を尽くしても目は治らず、今や彼女は劣等人種とのレッテルを貼られ、母国では不要な存在と見なされていた。

誰も知らないくせに。

ヴェローニカがどれほど美しい歌声を持っているか。その心がどれほど優しく清らかか。

そしてまた、イリヤも自らの中に拭い去りようのない負い目を抱いていた。

それがある限りは、自分とヴェローニカは、表裏一体の存在なのだ。

「しかし、情報部に入れて機密事項に触れれば、少しはすれて軍に馴染《なじ》むと思ったがそうでもないな。君の高潔さにはまったくもって恐れ入るよ」

「高潔、ですか？　私が？」

迂闊にも馬鹿にしたような口ぶりになってしまい、それを打ち消そうかと迷うまでもなく、クラウスが畳みかけてきた。

「君は軍の有り様を軽蔑している」

核心に迫る言葉に、イリヤの心は期せずして震えた。

「軍だけではない。我が国《ライヒ》の歪《いびつ》なかたちも、何もかも厭《いと》っているだろう。無論、人種差別はもってのほか、言ってみれば戦争における殺し合いすら嫌う。それでよくもまあ、軍人を続けられたものだ」

揶揄するような口調だったが、安い挑発に乗るつもりはない。

「人殺しなど、君には無理な話だろうからね」

「私の手は血で穢《けが》れている。洗ったところで消し去れるものではありません」

「戦場では誰もが死ぬ。軍人であれば直接的にでも間接的にでも、人の死に責任を持つのは当然だ」

クラウスは相変わらず底知れぬ笑みを浮かべたまま、見透かすようにその灰褐色の瞳でイリヤを眺めていた。

視線で丸裸にされるような不快感に、じっとりとした汗が掌に滲んできている。

「だが、私は君の高潔さを愛しく思っているんだよ。軍隊にいる以上は、君は自分の矜持を踏み躙り続ける。それにどこまで耐えられるのか見てみたい」

嘘《うそ》か真《まこと》か、少なくともクラウスが裏から手を回して情報部に入れてくれたおかげで、イリヤはいくつかの試練をなかったことにできた。

「あなたも、軍人にしては正気を保っているほうでしょう」

「戦場においては、私たちのほうがおかしいんだ」

そうなのかもしれない。

たとえば、人種によって人を差別すること。個人として、意味のない殺しをすること。己の犯した罪のためにイリヤは軍人になったとはいえ、一貫して殺戮を嫌忌する性分を、クラウスはよくわかっていたのだろう。

「着任を祝して、今宵は夕食に招待しよう。大したものは出せないが、ワインは上物だ。積もる話もあるし、泊まっていくといい。久しぶりに甘やかしてあげよう」

「甘やかしていただく必要は感じませんが、食事は喜んでお受けします」

躊躇いがちに礼を言ったイリヤを見やり、クラウスは「結構」と薄く微笑《ほほえ》んだ。

ザクセン——ドレスデンの冬は、木枯らしが身を切るように冷たい。

街を一望にできる丘の上で下草に腰を下ろしたイリヤは立ち上がれなかった。

帝国の冬は寒く、そして、人々は終わらぬ不況に鬱《ふさ》いでいた。それはイリヤの父親とて例外はなく、常にため息ばかりついている。

そのせいではないのだけれど、涙が零《こぼ》れて止まらない。イリヤは手近な雑草を千切ってはそれを北風に飛ばしてみたが、それもまた雑草が憐《あわ》れなように思えてやめた。少なくとも、この冬を生き延びようとしているのだ。千切ってしまうのは、あまりにも無慈悲だ。

「どうして泣いているんだ？」

膝を抱えたイリヤの目前に、突然、長身の青年が現れた。

「？」

誰に話しかけているのかと慌ててきょろきょろと周辺を見回したが、ほかに誰もいない。

「君だよ、君」

黒いコートを着た青年は上体を屈めてイリヤの顔を覗き込み、おかしそうに笑った。

やけに整った顔立ちに、猛禽《もうきん》のように鋭い灰褐色の瞳が印象的だ。それでいて声は甘く艶があり、なぜか、聞いているだけでお腹のあたりがもぞもぞするようだった。

「僕？」

「そうだよ」

彼は白い歯を見せて破顔し、前触れもなくイリヤの隣に座った。

「綺麗な顔だ」

「えっ」

いきなり顔を褒められ、イリヤは赤面した。

「とても俺好みだ。――うん、じつにいい。これはじっくり育ててみたくなるな」

「意味がわからないけど……何、ですか？」

「ごめんごめん、ただの独り言だ」

ぽんっと頭に置かれた掌が大きくて、あたたかくて、イリヤはどきっとさせられた。

「吐き出したほうがいいことだって世の中にはある。聞いてあげるよ」

イリヤは少し戸惑ったが、目の前の青年が凛々しく端整な顔だったので、逃げる気はしなかった。

それに、青年が座ったのは、丘の小径《こみち》に近い場所で、逃げ出すためには彼を飛び越えるか、灌木《かんぼく》の茂みに飛び込んで傷だらけになるのを覚悟しなくてはならない。

教会に飾ってある絵のように青年の姿は見目麗しくて、もしかしたら神様がお遣わしくださった聖人なのかもしれないと思った。

彼の正体を知ってしまったと口にしたら、何か、罰せられたりしないだろうか。

「言ってごらん。君が発する内容は、誰にも口外しない。それを誓おう」

ひやりと冷たい指で唇に触れられ、イリヤは目を瞠った。

「——馬鹿にされたんだ」

「誰に？」

「学校の子」

友達だと信じていたのに、そんなことはなかった。

夏に旅先で出会った、ドミートリィとアレクサンドルが懐かしい。あの二人とは、何も考えずに楽しく遊べた。

最後に交わしたキスも、うっとりするほど優しくて。

「どうして」

「僕が……みんなと違って、本物のドイツ人じゃないって」

しょんぼりとしたイリヤを見下ろし、青年は驚いたように「へえ」と声を上げた。

「君はたいそうドイツ人らしく見えるけどね。流行《はや》りの言葉では、アーリア人らしいってやつだ」

「だって、名前がイリヤだもの」

「イリヤ……預言者エリヤにちなんだ名か。聡明そうで素敵だよ」

「でも、ロシア風だよ？　父さんはお世話になった人が名付け親だから深い意味はないって言うけど」

若かりし頃の父は旅に出ていて、ザクセンに戻ってきた際には赤子のイリヤを連れていた。今の妻であるマリアと結婚したのでイリヤの母親は表向きは彼女だが、実の母ではない。おまけにロシア風の名前だから、イリヤはロシア人ではないかと自分の出自を疑っていた。

厳格な父はイリヤに対して常に厳しく、母はヴェローニカにかかりきりだった。彼らはイリヤを大切にしてくれているだろうが、それを実感した瞬間はない。

当てつけのようにメイドからロシア語を習いたいと申し出たときも、父は無関心だった。

「――馬鹿だな」

その声色にはイリヤを蔑むような節はなく、寧《むし》ろどこか優しい口ぶりだった。

「そんなこと、どうだっていい話じゃないか」

「え？」

「俺の血と君の血、流してみただけで区別がつくと思うかい？　所詮、ろくに目に見えないものだ。そんなものに振り回されては、君の一生は台無しになる」

目を見開いたイリヤは、もう一度彼をまじまじと見つめる。

信じられない。彼はかつてのアレクサンドルとまったく同じ内容を口にしている。

あの夏の日、自分を救ってくれた言葉を、この人はなぜ知っているのだろう？

「あなたは聖人様？　それとも、天使？」

青年は噴き出した。

「俺が天使？　それはまずないな。君こそ、熾天使《してんし》とでもいったほうがよほどしっくりくる。それに、俺はどちらかといえば悪人だ。聖人なんて言われたら唾を吐く」

「そんなに綺麗なのに、それでも悪い人なの？」

「美しい仮面を被った悪人がいるのも知らないなんて、君はひどく世間知らずだな。俺はクラウスだ。クラウス・フォン・アーレンベルク」

「アーレンベルクって、貴族の？」

名門の家名くらいは、子供のイリヤにだってわかる。

「まあね。それで、君はイリヤだったね。姓は？」

「イリヤ・シュレーゲル」

「じゃあ、父親は実業家のエーリッヒ・シュレーゲル氏か？」

「うん。父様を知っているの？」

「……なるほど、シュレーゲルといえばザクセンきっての名士だ。その箱入りぶりも納得がいく。偶然とはいえ、君に会えたおかげで手間が省けたよ」

　クラウスは頷き、淡い色の目でイリヤをじっと見つめた。

「あなたはザクセンの人じゃないの？」

「一応は、両親の遺産を食い潰《つぶ》す気ままな放浪者だ。勿論、ソ連にも行った。俺の好きな国の一つだ」

「ホント？」

　雪と氷で閉ざされた北の大地。それを仄めかされ、イリヤは目を輝かせた。

「ああ。あれだけの国が壮大な実験をしてるんだ。国民はたまったものじゃないが、傍《はた》から見る分にはなかなかに面白い」

「実験って、何？」

「共産主義だよ。どうあっても上手くいくわけがないからね。彼《か》の国は生まれたときから破滅に向かっている」

　だが、それさえも彼はまるで気に留めていない口ぶりだった。

「そのほうがいいよ」

「どうして？」

「みんな、めちゃくちゃになっちゃえばいいんだ……」

　どうせあの素晴らしかったウィーンでの夏は二度と戻らない。この国にいる限り、イリヤは皆に差別され続ける。それはヴェローニカも同じだ。

「まだ子供なのに破滅を志向するとは、なかなか有望だ。ますます気に入った」

　ふふっと人懐っこく笑い、クラウスはイリヤの頬に触れてくる。その指先がどこか儚《はかな》くて、優しくて、イリヤは戸惑いながらクラウスを凝視した。

「この街で悪口を言われるのが嫌なら、君も俺の旅に連れていってあげようか」

「いいの⁉」

「ああ。俺なら君を、とびっきり甘やかしてあげられる。いつも可愛がってあげるよ」

　厳めしく常にしかめ面をしている父しか知らないイリヤにとっては、年上の青年の申し出はあまりにも魅力的だった。誰かから無条件に注がれる優しさは、旅の途中でドミートリィが教えてくれた。あんなに甘いものがずっと自分に与えられるのは、何よりも素晴らしいように思えた。

「代わりに、君は全部忘れなくちゃいけない。家族も、学校も、友達も」

厳しい交換条件にイリヤはびっくりして、年上の男性をじっと見つめた。

「ヴェローニカ……妹もだめなの？　あの子は僕がいないといけないんだ」

両親に思い入れはなかったが、愛らしい妹は別だ。彼女は兄のイリヤが守ってあげなくてはいけない存在なのだ。

「妹はいつか嫁に行くだろう。君が守ってやる必要はない。それに、その様子じゃ友達なんていないんだろ？」

孤独だと決めつけられたのが悔しくて、イリヤはつい反論してしまう。

「いる……いるよ！　サーシャとミーチャっていうんだ。二人くらいはいいでしょう？」

旅先でできた、大切な友達。

彼らはイリヤという人間を肯定し、受け容れてくれた。

だからイリヤは、彼らの国を知るためにウクライナ語を学び始めたのだ。

「だめだ」

「サーシャだけでも、だめ？」

さも落胆して肩を落とし小声で尋ねるイリヤに、クラウスは鋭い視線を向ける。

「どうしてその子を選んだんだ？」

「わからないけど……でも、今、すぐに思い浮かんだから」

アレクサンドルは特別だ。彼は自分を見つけてくれた。どこにも居場所がないイリヤを見出し、手を差し伸べてくれた。大きな目が印象的な可愛い弟分は好奇心旺盛でそそっかしいから、ドミートリィかイリヤが守ってあげなくちゃいけないのだ。

「じゃあ、俺は失恋だな。折角の一目《ひとめ》惚《ぼ》れなのに、そんなに熱烈な思い人がいるとはね」

クラウスはそう言って、立ち上がる。これでお別れなのかと残念に感じるイリヤに対し「君の家に行こう」と促した。

「うちに？」

「俺は君の父さんの遠縁なんだ。まあ、覚えてないかもしれないが」

多少胡散臭《うさんくさ》い話だと思ったが、イリヤは素直に彼の要望に従った。

屋敷にクラウスを連れて帰ると、すぐに、ヴェローニカが応接室にやって来てイリヤを迎えた。

「お帰りなさい、お兄様！　……だあれ？」

ヴェローニカはクラウスが一言も発しないのに、誰かがいると察知した。

「やあ、君がヴェローニカか。俺はクラウスというんだよ。君は……」

「私は目が見えないの」

しゅんとしたヴェローニカの黒髪を一房掬《すく》い取り、クラウスは恭《うやうや》しくくちづける。

まるで絵のように美しい光景に、イリヤは暫《しば》し見入った。

「君ほど魅力的な人から視力を奪うとは、神様も残酷だな」

「まあ」

自覚があるかはわからないが、文字どおりヴェローニカは真っ赤になったのだった。

帰宅した父も、特に何も言わずにクラウスを歓迎した。

実際、クラウスは不思議な魅力を備え、父は彼との会話を楽しんでいるようで、イリヤには滅多に見せない笑顔を零した。

暫《しばら》く観光したいというクラウスは、ごく自然にシュレーゲル家に逗留《とうりゅう》した。

クラウスとの日々は、端的にいえば素晴らしかった。

ウィーンでの夏には及ばなかったが、それでも、退屈な日々を塗り替えてくれた。

短い滞在ではあったが要点を押さえて勉強を見てくれ、イリヤは勉学を好きになった。

何よりも、夜通し語り合うのが楽しかった。クラウスにはドミートリィとアレクサンドルとの夏をつぶさに語った。切り上げるのを忘れ、彼のベッドに潜り込んだまま寝てしまったこともある。他人の体温の残るベッドのあたたかさを、触れるだけのキスの甘さを、イリヤは初めて知った。

以来、クラウスは何度もシュレーゲル家を訪れ、毎回イリヤにたくさんの本を買ってきてくれた。美しいものを偏愛し礼讃するクラウスの審美眼で選ばれた書物を読み、音楽を聴き、イリヤはいつしか彼の影響を強く受けるようになっていった。

忘れもしない十四歳の夏休み、クラウスはイリヤを自身の別荘に招いてくれた。湖畔《こはん》の瀟洒《しょうしゃ》な別荘で、イリヤは彼と二人きりで過ごせるのが嬉しくてならなかった。

クラウスのベッドに潜り込んだイリヤは、雑談の途中に以前からの疑問を口にした。

「クラウスは、僕みたいな子供と一緒にいて楽しいの？」

「勿論。それに、君はすぐに大人になるんだ。年齢なんて気にする必要はない」

「僕が、大人に？」

理解できずにきょとんとするイリヤの腕を摑み、クラウスは酷薄な笑みを浮かべた。

「相対的な問題だ。いつまで経っても、あのオデッサの友達を忘れないだろう？　だから、もう会えないようにしてあげよう。君と彼らはまるで違う人間だと、ここで学ばなくてはいけない」

「どういう……意味？」

「君の魂がより俺に近いことを、これから証明するんだ」

クラウスに組み敷かれ、イリヤは首を傾げる。なぜだか、無性にクラウスが怖かった。

「待って、クラウス」

「諦めなさい。もう、君には俺しかいないんだ。――真実をわからせてあげよう」

蒼褪《あおざ》めるイリヤに一切斟酌《しんしゃく》せず、クラウスはその発言を冷然と実行に移した。

少年のイリヤにとって、初夜は暴力と同義だった。怖くて、痛くて、こじ開けられるばかりで快楽なんて何もなくて。

存分に恐怖させて力に屈服させてからが、本番だった。

――いい子になると約束すれば、痛くしないであげよう。

クラウスは怯《おび》えて啜り泣くイリヤに、一転して脳まで蕩《とろ》けるような悦《よろこ》びを教えた。

萎えれば宥《なだ》められ、感じるところばかりを責められる。

イリヤは痛みと快楽は同義なのだと知った。そしてそれが、普通ではないことも。

己の本性を思い知ったときに、イリヤの少年時代は終わった。

あの夏、イリヤは神からの恩寵と神への信仰の双方を失ったのだ。

稚《いとけな》い親愛を平然と踏み躙ったクラウスが、憎くてたまらなかった。けれども、彼の言うとおりに、イリヤを理解し共感してくれる人物は、クラウスのほかにいない。

更なる孤独に苛《さいな》まれるイリヤの元を、クラウスが再び訪れたのは秋のことだ。

なぜか長期出張中の父の書斎を見たいと言われて、さすがにイリヤは渋った。

「気を悪くしたら、ごめんなさい……だけど、父様が知ったらとても怒られる」

「いいんだよ。でも、そうだな。次の夏にはヴェローニカを別荘に招待しようか。君に関しては、残念ながら俺の見込み違いだったようだ」

決断を迫られ、イリヤは狼狽えた。ヴェローニカはまだ子供で、クラウスが食指を動かすはずがない。けれども、万が一という場合はある。

「君なら俺を理解して、可愛い人形になってくれると思っていたのに」

その夜、イリヤは盗み出した鍵をクラウスに差し出した。

翌朝にはクラウスは姿を消し、そのうえ父は予定の日が来ても戻らなかった。

あとから聞いた話によると、ナチを毛嫌いしていた父は、地元に着くなり警察に連行されたのだ。幾日にも亘る取り調べのあと帰宅を許された父は、ナチに多額の献金をする強力な支援者に変貌を遂げていた。

そこに何があったのか、イリヤは知らない。否、知らない振りをし続けていた。

己がクラウスの企てに荷担させられたのではないかと疑いつつも、怖くて真実を聞けなかった。おまけに、あのときのイリヤは愛撫を焦《じ》らされていたわけでもなく、己の理性に従って合理的な判断を下した。クラウスのために、正気で家族を裏切ったのだ。

クラウスが怖くて、怖くて、怖くて、なのに、この手を離されるのはもっと怖くて。

一人きりにされるのに怯え、夢の中でまでクラウスを呼んだのに、いつしか彼からの連絡は途絶えた。相手を失望させたのではないかとイリヤは悩んだが、同時に安堵もしていた。クラウスの人形になって、思うがままに動かされるのは嫌だったからだ。

だが、クラウスはイリヤを忘れてなどいなかった。

父の事件の数年後、華やかな将校の礼装でシュレーゲル家を訪ねたクラウスは、家を離れ、ポツダムにできた士官学校に入学しないかと両親の前でイリヤを勧誘した。

「最愛の妹とご家族を守るには、最適な選択だと思わないかい？」

「だって、軍人なんて……」

人種を重んじる国の在《あ》り方を嫌悪しているイリヤにとって、国家に命を捧《ささ》げる軍人などは絶対に考えられない選択肢だった。

「君の将来には、すべて私が責任を持つ覚悟だ」

つまりそれは、もうクラウスからは逃れられないという宣告だ。

感激した父がクラウスの手を握り締める場面は、出来の悪い喜劇のようだった。

士官学校卒業後は小隊に勤務し、正式な配属はクラウスの古巣の情報部になった。

逆らえなかったのは、二つの弱みを握られていたからだ。

イリヤは純血のドイツ人ではないかもしれないこと。そして、過程はどうあれ実の父を陥れてしまったこと。

それから自分の肉体は、自分自身にすら制御できないと暴かれてしまったこと。

ああ——三つか。

なぜ自分だったのかは、未だにわからない。

初めて出会った冬の日、クラウスは幼い自分に何を見出したのだろう？

あれからクラウスは、イリヤにとって誰よりも特別な存在として君臨し続けている。

そこにあるのは恐怖と嫌忌、憎悪、そして依存と憧憬《しょうけい》。そのすべてだ。

「………」

目を覚ましたイリヤは、宿舎として宛がわれたホテルのベッドに倒れ込み、自分が上着も脱がずに眠っていたのに気づいた。

クラウスの招待は十九時だから、これからシャワーを浴びても間に合う時間だった。

軍服以外にも背広を持っているし、それを着ていこう。私人として過ごす時間は、極力、軍服を身につけたくなかった。

「サーシャ……ミーチャ……」

彼らを今でもはっきりと覚えているのは、自分なりの意地だ。

大切な記憶だけは、絶対に、クラウスには奪わせない。

落ち着き払ったドミートリィは理性的な青年に、好奇心旺盛で可愛らしかったアレクサンドルは、きっと活発な青年になっているに違いない。

自分にできるのは、彼らが壮健であるよう祈るだけだ。仮にオデッサに二人が住んでいたとしても、会えるはずがない。

オデッサに呼ばれたことで、軍人であるイリヤの役柄は決まった。つまり、彼らにとっては憎むべき敵以外の何者でもなくなったのだ。仮に再会できたとしても、侵略者と被侵略者であれば、以前のようには語らえない。

この筋書きすら、クラウスの策謀なのかもしれなかった。

4

朝のラジオは、敵国の宣伝一色で面白いニュースは何もない。それでも聞いておかないと配給の情報やら細かいものが拾えないので、アレクサンドルはパンを焼きながらもラジオに耳を傾けていた。

「おはよう」

どこかぼやけた面持ちのドミートリィに言われて、「おはよ」とアレクサンドルは返す。

「昨日は遅かったじゃないか」

「うん」

ドミートリィは完全に上の空で、壁に掛けられた鏡を前にネクタイのノットを直している。

いつものように台所にはサロ――豚の脂身の塩漬けとにんにくが焼ける匂いが、ぷんと漂っていた。

彼は何度か完璧なノットを作ろうと試みていたが、やがて諦めたらしく、椅子を引いてアレクサンドルの前に腰を下ろした。

それから、サロを載せたパンに齧《かじ》りつく。保存の利くサロは美味しく、ウクライナの人々にとっては、切っても切り離せない国民食だ。

「それより、聞いた？」

「何を？」

「ナチの部隊は敗走を始めてるらしいぜ。こないだも、パルチザンに戦車を奪われたとか」

「ふうん」

固くなったパンを齧りながらの会話だったが、ドミートリィはやはり上の空だ。

いったい何があったのだろうか。

もしや、難しい患者が病院を訪れたとか？

「早くあいつら全部を叩きのめして、この国から追い出してやりたいよ」

「そんな野蛮なことを言うもんじゃない」

窘められた事実に驚き、薄い紅茶を飲んでいたアレクサンドルは顔を上げた。近頃は物資が不足しているため、とりわけ嗜好品《しこうひん》の入手には困難を来《きた》している。

「――どうしたんだ？」

「え？」

虚を衝かれたように、ドミートリィがまじまじとアレクサンドルを見つめる。

「いやさ、兄貴はナチが憎いんじゃなかったのか？」

「憎んでいないといえば嘘になるけど、彼らも同じ人間だ」

「いくら俺らがそう思ってたって、あいつらは違う。だいたい、同じ人間が、あんな酷い真似をするわけがないだろ！」

「……そうだな」

どこか憂鬱そうにドミートリィはため息をつく。

「やっぱり、何かあったのか？」

「あ……いや、今日、もしかしたら遅くなるかも」

「夜勤だっけ？」

アレクサンドルは首を傾げた。

「そうじゃないけど、ちょっと約束があるんだ」

見ればドミートリィはクローゼットの中から一張羅の背広を出しており、そのせいでネクタイが気にかかっていたようだ。

「何だよ、その格好」

ただならぬ様子にアレクサンドルは噴き出し、向かいに座ったドミートリィの腕を叩いた。

「おかしいかな？」

「おかしくはないけど、何だそれ。デート？」

「そういうんじゃないんだ」

頬を染めて何か口籠もっている様子が可愛くて、つい、笑みが零れる。

「隠しごとなんてらしくないよ。言ってみて」

「——おまえを驚かせたいから、まだ内緒だ」

「はあ？　そんな相手に会うの？　誰だよ」

「だから、秘密だって」

もしかしたら結婚する相手を連れてくる——とか？

兄にはこれまでは浮いた話は皆無だったが、思わせぶりな態度が気になってしまう。

ただ、ちょっとショックだ。

いつまでも一緒だと考えていた兄が、気づかないうちに先に進んでいたなんて。

「ま、いいけど。とりあえず夜には話してくれるだろ？」

「うん、いい報告ができることを祈ってる」

ドミートリィが嬉しげに破顔したので、こちらの胸まで熱くなる。

戦争のせいで、こんなささやかな日常の営みすら忘れていたのだ。

久しぶりに晴れやかな気分になり、アレクサンドルは改めて唇を綻ばせた。

オデッサに赴任したのが月曜日だったから、水曜日の今日は漸く司令部の中で迷わなくなった。

イリヤの任務はパルチザン対策だと言われていたものの、現段階ではこれといった指示はない。どちらかといえばクラウスのご機嫌伺いが仕事かもしれないと思いつつ、彼に頼まれて書類の整理やら何やらを片づけているあいだに一日が終わった。

ドイツ軍は戦死者が続出し、正規の教育を受けた将校の数は少ない。本来ならば前線に出なくてはいけないのに、書類整理をしていていいのか。人殺しは願い下げだが、かといって、自分の役割を果たしていないのも収まりが悪かった。

パルチザンの連中を上手く使えば、自分の目的を遂げられるのだろうか。考慮する価値はありそうだったものの、彼らの本質を見極めなくては話にならない。

二つの国家が、わかり合えるわけがないのだ。

赤軍もドイツ軍も同じ赤を戴《いただ》きながら、互いの理念はあまりにも遠い。

「…………」

考えすぎるのは、疲れているせいだ。どこかで食事を済ませて帰ろう。

最初の二日はクラウスと食卓を囲んだが、それでは毎度泊まる羽目になる。己を甘やかしたがるのは彼の勝手でも、強靱《きょうじん》なクラウスの体力につき合っていては身が持たない。

複雑な気分で司令部の建物を出て歩きだしたところで、前方から何か黒いものが飛び出してきた。

「！」

拳銃を出すのが遅れ、外套に包まれた腕を摑まれてしまう。すぐに振り払おうとしたが、ちらっと見えた青年の横顔にどきりとし、行動できなかった。

息を切らせて自分を路地裏に引っ張り込んだ男は、知らない相手のはずだった。

なのに、暗がりでも真っ向から自分を見つめてくる穏やかで好奇心の強そうな黒い瞳には、やはり、見覚えがあった。背後の大通りで自動車が通行するライトのせいで、ちらちらと彼の顔が浮かび上がってはまた暗く闇に沈む。

「ミーチャ……？」

震える声で尋ねると、質素なコートを着込んだ青年の表情が見るからにぱっと明るいものに変化を遂げた。

「そうだよ。ドミートリィだ。懐かしいな、覚えていてくれたんだね！」

人懐っこいしゃべり方は、昔とまったく変わらない。当然声変わりして、男らしい太い声になっていた。

「まさか、君とオデッサで会えるなんて！」

「同感だ」

「一昨日《おととい》駅で君を見かけたんだ。それでつい、後をつけて」

ドミートリィは照れ臭そうに頭を掻く。

「声をかけてくれれば……ああ、それは難しいか」

懐かしさから、冷静さの仮面を被れなくなりそうだ。自然と笑みを零したイリヤの顔を、ドミートリィはまじまじと見つめていた。軍帽がなければ、自分は緩んだ顔をドミートリィに晒《さら》していただろう。

「変わらないな。いや、あの頃よりずっと綺麗になって……何だか緊張してきたよ」

笑いながらドミートリィは自分の胸をさすってみせる。

「アレクサンドルはどうしてる？」

「勿論元気だ。今は大学生で、商学を勉強している」

「じゃあ、親御さんの会社を継ぐんだね」

「そのつもりらしい。――君はドイツ軍なんだろう？　将校か？」

「……そうだ」

声音に躊躇いが混じってしまったのは、我ながら情けない話だった。

「でも、どうして？　ヴェローニカのこともあるし、それに君は……」

と、イリヤが目を見開いたのは、ドミートリィの後ろに黒い影が迫っていたからだ。

イリヤの表情に気づいたドミートリィが振り返ろうとしたが、一歩遅かった。

「！」

背後からドミートリィの頭に押しつけられたものは、銃口だった。

「クラウス、やめてください！」

いったい、どこから聞いていたのか。

襟に毛皮をあしらった外套に身を包んだクラウスは皮肉な笑みを浮かべ、冷然とした態度で撃鉄を起こした。

「私の可愛いイリヤが、早速こちらの男を誑《たぶら》かしているとは想定外だ」

流暢《りゅうちょう》なロシア語だった。

クラウスがロシア語を解するのはわかっていたが、ここまでだったとは。

これでは、道を尋ねていたなんていう言い訳が通用するわけがない。

「生憎、この子の所有権は私にある。娼婦《しょうふ》が欲しければ、ほかを当たるといい」

クラウスの言葉を聞き取り、ドミートリィの表情が掻き曇る。彼に自分とクラウスの関係を知られたのだと察し、胃の奥に鉛でも詰め込まれたような気分になった。

仕方がないじゃないか。

誰もが子供のままではいられないのだから。

「彼とはそういう間柄ではありませんし、僕はあなたのものでもありません」

平静を装い淡々とした態度でドイツ語で弁明するイリヤに対して、クラウスは表情一つ変えなかった。

「昔、言ったでしょう。オデッサで暮らす友人がいると」

「ふむ」

納得した様子の彼は銃の撃鉄を戻し、それを自分のホルスターにしまい込む。そして、今度は青年の襟元に顔を近づけた。

「！」

いったい何ごとかと愕然《がくぜん》とするイリヤをよそに、クラウスは顔を上げて青年の顎を持ち上げる。

まさか、クラウスは宗旨替えし、ドミートリィのような生真面目な人物にも食指を動かすようになったとか？

「折角の美人との逢《あ》い引《び》きなのに、その前に墓に潜るとは感心しないな」

刹那、ぴくりとドミートリィの躰が揺らいだような気がした。

「どういう意味ですか？」

何もわかっていないイリヤに比べて、ドミートリィは明確に台詞の意図を解しているらしく、悔しげに俯《うつむ》く。

子細を聞かれたくなかったのか、クラウスはあっさりとドイツ語に切り替えた。

「パルチザンの連中が潜伏するカタコンベは換気ができないから、長い時間いると酷い臭いが躰に染みつく。臭いで正体がばれるのを避けるため、彼らは地上に上がる前に服を着替える習慣があるんだ」

「待ってください。ドミートリィがパルチザンだと言いたいのですか？」

「そのとおりだ。そして危険を冒して会いに来るほど、君は魅力的なわけだ。泣かせる話じゃないか」

揶揄するような口ぶりで言ってのけたクラウスは、口許に浮かんだ皮肉げな笑みを消そうとはしなかった。

「いや。――ドミートリィ……ミーチャ……そうか、君があのミーチャか」

合点がいった様子のクラウスの発言に、イリヤははっと胸を衝かれたような気がした。どうして、あのような些細《ささい》なことまでいちいち覚えているのか。

子供の繰り言と流してくれればいいのに。

「オデッサのパルチザンたちは、戦力を削ぐために将校を狙《ねら》ってくる。くれぐれも用心すべきだな、シュレーゲル中尉」

「彼がパルチザンと決まったわけではありません。一般市民との無用な軋轢《あつれき》は、反感を買うだけです」

「だが、聴取くらいできるだろう？　ミーチャとやらの処遇は君に一任するよ」

振り返ったクラウスの目は、もう笑ってはいなかった。

イリヤとクラウスの二人に挟まれ、ドミートリィはおどおどとした目でこちらを窺っている。

そのまなざしのせいで、イリヤはドミートリィがパルチザンかもしれないという疑念を消し去れなくなった。

今ここで、ドミートリィを逃がすか？

一際強い力で、心臓が震える。

逃がすとしても、おそらくはイリヤの背後は袋小路だ。立ち塞《ふさ》がるクラウスを殴って、ドミートリィを大通りに行かせるほかない。

しかし、クラウスはイリヤにとって味方ではない以上は、ここでドミートリィの逃亡に手を貸せば、イリヤ自身も破滅しかねない。クラウスはイリヤを可愛がってはいるが、それはただの手駒としてだと自覚している。

ここでドミートリィを庇《かば》って自分が窮地に陥っては、ヴェローニカを守れない。

ならば、道は一つだ。

心中でドミートリィに謝罪し、イリヤは今度は自ら彼の腕を摑んだ。

「君を連行する」

「イリヤ……」

絶望に彼の顔が歪むのはわかったが、イリヤは冷淡に言い切った。

「僕はもう、昔の僕じゃない。何も期待しないでくれ」

そうだ。

あの頃のイリヤ・シュレーゲルは、どこにもいない。

「僕は信じないよ。君がナチに魂を売り渡すなんてことは」

「魂などどこにもない。最初から僕は……」

誰かに操られる、ただの人形だった。そう言いさしたが、自分を見やるクラウスの冷笑にむっとして、そこで口を噤《つぐ》んだ。

大丈夫だ。まだ、ドミートリィを助け出すチャンスはある。

取り調べはかたちばかりのもので終え、クラウスを出し抜いてさっさとドミートリィを釈放すればいいのだ。

何としてでも、ドミートリィの命を救わねばならなかった。

「先週、プチヴリのゲリラ隊が小隊を全滅させたそうだぜ」

アジトで顔を合わせたヴラディミルがそんな情報を得意げに披露したので、アレクサンドルは「さすがだな」と半分は上の空で相槌を打つ。

「森を自由に使える地域はいいよな」

「本当だよ。こっちは地雷を仕掛けるのも無理だ」

プチヴリのような森林地帯はともかく、オデッサのような都市部では、地雷を設置するのは難しい。郊外を狙うほかないが、下手をすると市民にも犠牲が出てしまう。

「おまけに地下の見張りは神経が磨《す》り減るからなあ」

「そうはいっても、見張りを怠るとまずいしな。それに、悪いことばかりじゃない。このあいだ三班の連中が狙撃した将校、病院で死んだそうだぜ」

「へえ！　それは何よりだ」

日々の戦闘訓練や地雷の取り外し訓練などを受けているものの、アレクサンドルは実務の腕を買われているし、ヴラディミルも同様だ。

犠牲者は多いものの、士気はそれなりに上がっている。とにかく、占領者たちをオデッサから追い出さなくてはいけない。

戦争の初期こそドイツ軍に負けていた赤軍だったが、善戦どころか、近頃ではだいぶ巻き返していると噂《うわさ》に聞いていた。

「さっきからなんか上の空だけど、どうしたのか？　いや、さっきっていうより今日はずっとそうだな」

「兄貴の様子が変でさ」

最後に会ったときのドミートリィはやけに上機嫌だった。

「特に連絡もなしに帰ってこないから、デートが上手くいったか急患のどっちかだろうと思ったんだけどな」

アレクサンドルはため息をついた。

「ミーチャだったら俺も見たぜ」

「そうなのか？」

「うん、一昨日だったか、その前だったかな。襲撃の怪我人が気になるって、わざわざ。半日くらい、ここにいてから出かけたけど……」

ならば、それから三日は経っている。

真面目《まじめ》なドミートリィが、急患以外に無断で家を空けることは滅多にないのだ。いや、これまでに一度もなかった。

妙な胸騒ぎが止まらない。

「気になるなら、家に戻ったほうがいいんじゃないか？」

「……かもしれない」

アレクサンドルが腰を浮かせたとき、廊下が急に騒がしくなってきた。

敵襲か⁉

一同が緊張を顔に漲《みなぎ》らせ、手近にあった各々《おのおの》の武器を手に取る。

「サーシャ！」

ばたばたと誰かが走り込んできた。

同じパルチザンに所属する、下部構成員のペドロだった。

「……落ち着いて聞いてくれ」

嫌な予感が、する。

「何だ？」

「海に死体が上がった」

「え？」

声が遠くから聞こえてくるみたいだ。

「武器の取り引きで港に出向いた連中が、漁師の引き上げた死体を見たんだ。それがどうもドミートリィだったらしくて、警察より先に顔を見せてもらえた」

「嘘だ」

言下に否定するが、ペドロは気の毒そうに首を振るばかりだった。

「こいつがポケットに入ってたそうだ」

彼はそう言って、握り締めていた掌を開く。

「…メダル？」

ウィーンでイリヤがくれた、再会のための目印だ。宮殿が刻印されたメダルは、銀鍍金《めっき》の安物だが、何物にも替え難い価値がある。

これをアレクサンドルのみならず、ドミートリィが保管していてもおかしくはなかったが、持ち歩くとは予想外だった。

不吉な輝きを放つ銀のメダルを手に、アレクサンドルは暫し立ち尽くしていた。

5

灰色の鷗《かもめ》が、空高く飛んでいる。

アレクサンドルは外套を身につけて、帽子を目深に被って家を出た。時期的にも世情的にも花は手に入らず、手ぶらで行くほかない。

それでもドミートリィが喜んでくれるのを祈りつつ、アレクサンドルは墓地へ向かった。

たとえ死因がどんなものであれ、こうして手厚く埋葬されるのはまだましであり、幸せなことかもしれない。戦地で亡くなり、収容されずに野ざらしになる遺体も多いと聞くからだ。

完全に納得してはいないが、日が経つにつれ、兄の死を受け容れざるを得なかった。

それにしても、いったいどこの誰がドミートリィを殺したのか。

ゲシュタポか、非合法の運動を取り締まる役割も持つ野戦憲兵か、ＳＳか。

だが、さすがにドイツ軍の誰かを捕まえて問いただすわけにもいかず、言い知れぬ怒りと苛立《いらだ》ちが溜《た》まるばかりだった。

石畳の道をゆっくりと歩く。

バスにも乗れたが、今日は頭を冷やして孤独を噛み締めたい気分だった。

広大な墓所の鉄製の門を潜ると、あたりは静けさで包まれている。

息が白く、髪の毛に隠れていない耳が千切れそうなくらいだ。

墓園の一隅にあるドミートリィの墓は、まだ新しい。昨日に比べれば土の色が乾いているが、最近埋葬されたのは明白だった。

どれほど嘆いたところで、ドミートリィは戻ってこない。

「ん？」

ふと墓標に目をやると、見覚えのない小さな花輪が掛かっている。

誰かここに来て、置いて帰ったのだろうか。

いったい、誰が？

もし、自分の知らない親しい相手であるならば、過日のドミートリィの足取りが摑めるかもしれない。

あの朝、彼はどこへ行き、誰に会ったのか。

最期の言葉を聞くのは無理でも、兄に心残りがなかったかを知りたい。

花輪は不自然に揺れており、客人はここを訪れたばかりのように見えた。

もしかしたら、まだこのあたりにいるかもしれない。

先ほどアレクサンドルが出入りした表門は人気がなかったから、裏門を使ったのではないか。

そう考えて走りだすと、裏通りにドイツ軍の黒い軍用車が止まっているのが目について、アレクサンドルは慌てて足を止めた。

軍用車に近づいていくのは、帽子を被り軍用外套を身につけた青年だった。

首から肩にかけての線に覚えがある気がしたが、勘違いに決まっている。よりにもよって、ドイツ軍将校に知り合いはいないからだ。

「！」

まさか、ドミートリィを殺した一味だろうか。わざわざ墓の場所を探り当てて訪ねてくるとは、連中にも罪悪感くらいはあるということか。

だったらなぜ殺した⁉

失われたものは、もう二度と戻ってこないのに。

こんなことであれば、爆弾の一つでもアジトから持ち出すのだった。そうであれば、連中にぶつけて少しは気が晴れたかもしれない。

――お前達の野心も、計画も呪はれろ、『死』の聖殿《みや》の側《そば》で、殺人の術《すべ》を学ばうとする我慢のならぬ人間共よ！

いつだったか授業で習った詩が、脳裏を過《よぎ》る。確かボードレールだった。

「畜生」

毒づいたアレクサンドルはドミートリィの墓前に戻ると、飾られていた花輪を衝動的に手に取り、投げ捨てた。踏みつけようと足を上げかけたが、この時期に懸命に咲く花には罪はないのだと思い直す。

それから花輪の土を払い、もう一度十字架に掛けた。

「ミーチャ……俺、大学を辞めたんだ」

もともと授業に身が入っていなかったし、これ以上続けるつもりはなかった。

「ごめん。でも、どうしてもおまえの敵《かたき》を取りたい。俺はおまえみたいに、寛容になれない。あいつらを、俺たちと同じ人間だと思えないんだ」

だから、許してほしい。

復讐心の滾《たぎ》るままに生きることを。

ドミートリィが最も嫌忌するであろう人生を選ぶことを。


「さて、イリヤ。君に一つ任務を頼みたい」

コーヒーを口に運んでから、クラウスは優雅に口許を綻ばせる。

イリヤはといえば、このところずっと食欲がなく、コーヒーの匂いですら吐き気を催し

そうな状況だった。

「どのような任務でしょうか」

「潜入捜査だ」

「……は？」

行儀が悪いと自認しつつも問い返してしまったのは、クラウスの言葉が想定を超えていたためだった。

「潜入捜査をしてほしいと言ったんだ」

「――どこの組織に？」

「パルチザンに」

ふざけているのか。クラウスが上官でなければ、平手打ちの一つくらいは食らわせたかった。

「いくつか意見を述べてもよろしいですか」

「勿論」

クラウスが腕組みをし、あの灰褐色の瞳で楽しげにイリヤを眺めている。

「まず、どうして私なのですか？」

「着任したばかりで、連中に顔が知られていない」

「先日のドミートリィの件をお忘れですか。顔は知られているはずです。そのうえ、将校の仕事とは思えません」

　彼の名前を出すのも苦痛だったが、それを気取られるのはもっとまずいことになる。

「試しにその辺の兵卒にでもやらせてみろ。首を斬られて送り返されるだろう。前にも話したとおり、連中はオデッサの地下に張り巡らされた通路を要塞にしていて神出鬼没だ。一説には総延長で三千キロの長さがあるらしい。無論、誰にも全貌は把握できないし、迷えば死ぬ」

「――厄介ですね」

　話を聞かねばならないと悟り、イリヤは淡々と相槌を打つ。

「首尾よく地下に入り込んでも、アジトの位置すら不明だ。運よく場所が判明して潜入できたところで、暗がりのどこにパルチザンが待ち構えているかはわからない。疑心暗鬼で行動するせいで、ストレスで心身がおかしくなるやつもいる」

「スパイの潜入は、これまでに試してはいないのですか？」

「していないと思うか？　すぐに気づかれて嬲《なぶ》り殺されてしまう。かといって、オデッサの市民をスパイに仕立て上げるのは難しい。パルチザンの連中は、ドイツのスパイを血祭りに上げるのも仕事だからね。コサック兵の血を引く連中は残酷だ」

　さすがに承知できずにイリヤが言葉を探していると、クラウスは畳みかけてきた。

「つい先日、君は重要な参考人を死なせてしまっただろう？　あれを挽回しなくては、私も庇いきれないよ。逆に、軍功を挙げれば、君をベルリンに帰してあげよう」

　クラウスはイリヤの煩悶《はんもん》を知り尽くしているのか、皮肉げな笑みを浮かべる。

　イリヤが会議のために席を外しているあいだに、ドミートリィへの拷問が行われたのだ。急を告げられて慌てて取調室に戻ったが、あとの祭りだった。

　血まみれのドミートリィは、「サーシャを頼む」と言い残し、イリヤの腕の中で息絶えた。

　それが彼の今際《いまわ》の際の願いだった。

　アレクサンドルもまた、この国で、おそらくこのオデッサで生きている。

　厄介なことにクラウスはドミートリィを覚えていた。ならば、サーシャに関しても彼の記憶にあるかもしれない。

　もし、アレクサンドルもパルチザンに与《くみ》していたら、そしてそれがクラウスに知れたなら、そのときこそ彼は殺されるだろう。

　だが、ここでクラウスの言葉を拒絶するのでは、服務規定違反で軍法会議ものだ。いくら彼が寛容でも、怒らせて最前線へ送られるような処罰を受けるのだけは避けたかった。

「悪かったよ。君の大切な玩具《おもちゃ》を壊してしまった」

「彼は玩具ではないですし、そもそもあなたは悪いとすら思っていないくせに」

「君が傷つく顔を見たいだけだからね」

腕を引き寄せられ、イリヤはクラウスの頑健な胸に倒れ込む。彼の手が探るように下肢に触れ、制服のズボンの上からある種の意図を持ってそこを撫で回す。

「そういえば、慰めてあげていなかったな」

「やめて……ください」

驚きと不安に声が掠れ、イリヤは力を込めてクラウスの胸を押したが、びくともしなかった。冷静であろうと心がけているのに、不意のことに仮面はあえなく外れてしまう。

「上官に逆らってはいけないと教えなかったか？」

「でも」

か細い声とともにイリヤはクラウスの唇を避けようとしたが、くちづけられるとどうしようもない。ねっとりと入り込んだ舌が、蛇のように口腔を這い回る。

恋も愛もなく、快楽だけで繋ぎ止められる関係は、歪だがそれでいて甘い。

「ん……んー……ッ」

キスをされるだけで逆らえなくなるなんて、我ながら情けなかった。

「まったく、食事はちゃんと取りなさい。これで抵抗できなくなるとは軍人失格だ」

クラウスの手が制服の中に入り込み、既に期待に濡《ぬ》れかけたイリヤの性器に直《じか》に触れる。焦《じ》らすように扱《しご》かれ、尖端の孔《あな》を爪で刺激される。頭の奥を直接弄られるような鋭敏な愉楽を与えられ、イリヤは小さく喘《あえ》いだ。

「そんなに可愛らしい声を出すものじゃない。今朝《けさ》はマイクを調べる暇がなかったんだ」

嘘だとわかっていても、イリヤは恐怖に全身を強張《こわば》らせた。こんなところを誰かに知られたら、それこそ身の破滅だ。

なのに、不安と紙一重の愉楽は神経を毒のように疼かせ、すぐに昂《たかぶ》ってしまう。

「嫌です……やめて、クラウス……」

それでも抗わずにはいられない自分のだらしなさを、イリヤは内心で嘲る。どうせ自分は彼には決して逆らえないのに、どうして今更プライドを保とうとするのか。

「中途半端で放り出すと、我慢できないくせに？　それでもいいならやめてあげよう」

いつだったか、クラウスにひどく弄《もてあそ》ばれたときを思い出し、イリヤは肩を震わせた。尋ねながらもクラウスの手指はゆるゆると動き、イリヤの最も過敏な部分を意地悪く弄る。

「でも、…ここは…」

だめだ。

帝国では同性愛は許されないが、クラウスのように趣味の悪い人間はどこにでもいる。情報部において、イリヤはそれを身をもって知った。クラウスほどの地位と才覚があるならまだしも、イリヤは別だ。上官とのこんな交わりが人に知られれば、家族にも累が及びかねない。

このまま高められてはいけないのに、甘く狂おしい昂揚感がイリヤの四肢を捕らえて離さない。

「私に逆らえるわけがないだろう？　君は私の作った一番出来のいい人形だ」

耳許から注ぎ込まれる彼の艶めいた声が、神経を跡形《あとかた》もなく溶かしていくようだ。

「可愛いところを見せなさい」

「……ー……ッ」

堪《こら》えきれずにクラウスの手の中に熱い精を放ち、イリヤはぐったり彼の肩に凭《もた》れた。

「合格だ。ご褒美が欲しいかい？」

彼の冷たい唇が耳に触れ、その曖昧な感触に性感がいっそう刺激される。尾骨のあたりがずんと重くなり、自分が期待しているものをはっきりと理解した。

何をいい子ぶって、ここまで拒んでいるのだろう。

自分にはもう何もない。唯一信じていた思い出さえ、結果的には壊してしまった。これで自分は、アレクサンドルにも二度と顔向けできないのだ。

いや、もうとっくに彼の前に立つ資格を失っていたではないか。

今は溺れるほかない。そうでなくては、この罪の意識から逃れられない。

一時でも、楽になってしまいたい。

「さあ、言ってごらん。君が意地を張りとおせたことなど、これまで一度もなかったはずだ」

たまらなくなったイリヤは彼の肩にしがみつき、相手の下腹部に自分の下肢を押しつける。

「――お願い……」

できるならば、忘れさせてほしい。アレクサンドルの清潔な笑顔も、あのまなざしも、すべて。

そうすれば自分はドイツ軍将校として、ヴェローニカを守るためだけに、心を殺して任務を全《まっと》うできるだろう。

「つくづく私は君に甘いな」

斯《か》くして、醜悪なる魂はただ穢れていく。

クラウスの望むまま破綻の片棒を担ぐたびに、イリヤは後戻りできなくなるのだ。

クラウスの命令を受けてから、十日近くが経過した。

その間、当然ながら暫く司令部に出向く必要はなく、イリヤは兵営代わりのホテルから新たに借りたアパートの一室に移った。

昨日今日引っ越してきて、いきなりパルチザンに入りたいと接触を図れば疑われるのは目に見えていたので、自分はオデッサの状況を調べて取材に来たロシア人のジャーナリストだという設定を決めた。

とはいえ、そのくらいの小細工で用心深いパルチザンに接触できるとは限らない。足を棒にして歩き回ったイリヤは、書店や図書館でパルチザンの好みそうなウクライナ民族主義関係の書籍を探し、時には正教会にも足を運んだ。あるいは、ウクライナ蜂起軍の司令官であるロマン・シュヘーヴィチの本を手に取った。

「……痛い」

街角で人々にドイツ軍の統治に関するインタビューを求めたところ、ドイツ兵に小突かれ、殴りかかられたのだ。

頬を張られたおかげで唇の端が切れ、口の中に血の味が滲んだ。

とはいっても軽く殴られた程度だったので、あのドイツ兵たちはそれらしく見せるためのクラウスからの差し金かもしれない。

黒海に面したポチョムキンの階段に腰を下ろしたイリヤは、自分の膝を抱えて俯いていた。

海風に煽られ、外套の裾がはためく。

疲れた。こんな生活は、どうあっても自分には馴染めない。

ヴェローニカは今頃どうしているだろう？　こんなに戦況が悪化しては、不自由していないだろうか。

帰りたい。ザクセンの街に、愛する妹の元に。

もとより帝国のおぞましい行為を、イリヤに肯定できるわけがない。軍人として国家に忠誠を誓っておきながら、イリヤは故国と軍の在り方を嫌悪していた。

そのうえ、ドミートリィを死なせてしまった。

何よりも大切な思い出を、自分こそが踏み躙ってしまったのだ。

イリヤがこの国に来なければ、何一つ壊れなかったのに。

情報部に勤務しているときは冷静な顔を装ってすべてをやり過ごせたが、ここに来てから自分の心はひどく不安定になっている。精神の摩耗と疲弊が激しいのは、どう考えてもクラウスの干渉のせいだった。

クラウスに抱かれても、アレクサンドルを忘れ去るのは無理だった。これでは、心を殺すなど到底できそうにない。そのうえ、ヴェローニカを守ることとドミードリィの遺言に従うことは、両立し得ない命題だ。

自分には、愛すべき大切な妹がいる。

——でも。

もし、万が一アレクサンドルに再会できたなら、そのときは軍人としての矜持を捨て、彼を守るために命を捧げよう。

そんな偶然が、二度も起きるはずはなかった。

「大丈夫か？」

頭上から不意に、ウクライナ語でそんな言葉が降ってきた。はっとしたイリヤは身を強張らせ、半ば緊張しつつも顔を上げる。

中肉中背の彫りの深い面差しの青年が、どこか人懐っこい目でイリヤを見つめていた。目が覚めるような赤毛で、アレクサンドルとは似ても似つかぬことにほっとする。

「僕に、何か？」

「あ……いや、じつはその、ドイツ兵に殴られてるのを見ちゃって」

人が好《よ》さそうな青年は頭を掻きながら、至極言いづらそうに告げた。

「痛かったろ」

彼が濡《ぬ》れたハンカチーフを差し出したので、イリヤは躊躇いつつも「ありがとう」と受け取って口許に当てる。

ただのオデッサの市民だろうか。随分人が好《い》いものだ。

「何で殴られたか、聞いてもいい？」

「取材中だったんだ。僕は駆け出しのジャーナリストで、オデッサでのドイツ軍の支配の実態について調べているんだけど、それが目障りだったみたいで」

「ええ⁉　この街でそんな真似をするなんて、殺してくれって言ってるようなもんだよ。綺麗な顔で、大胆だな」

彼は驚いたように目を見開き、イリヤの隣に腰を下ろした。

「幼い頃から美しいと聞かされていた街が、こんなに窮屈になってるのを見てしまうと……つい」

「昔のオデッサを知っているのか⁉」

「うん、来たのは初めてだけど、知り合いが住んでいたから」

「そうだったのか。――あ、吸う？」

にっこりと笑った青年はイリヤに煙草《たばこ》を勧めたが、喫煙はしないので首を横に振る。何だか少し違和感のある臭いを嗅いだ気がして、イリヤはわずかに眉根を寄せる。

――そうだ。

あのときのドミートリィと同じ臭いがするんだ。

気づいた途端に、ドミートリィの彫像の如《ごと》き蒼褪めた顔を思い出し、吐き気が押し寄せてきた。

「こっちには暫くいるの？」

「え？　あ、ああ……うん。アパートを借りたから」

「観光は済ませた？」

「観光って、この状態で？」

目を瞠るイリヤの表情がおかしかったので、彼はけらけらと声を上げて笑った。

「うん。俺はステパーン。君は？」

「イリヤだ」

偽名を名乗ることも考えたが、馴染まぬ名前は呼ばれたときに咄嗟《とつさ》に反応できない可能性もあり、それは危険だった。

「へえ！　イリヤー・ムーロメッツにちなんで？」

「それはわからないけど」

イリヤー・ムーロメッツはロシアの叙事詩『ブィリーナ』に登場する英雄の名だった。

「素敵な名前だね。よろしく、イリヤ」

てらいなく名前を褒められて、何ともいえぬ気持ちに支配されかけたが、イリヤは口許を綻ばせて自分の気持ちを掻き消した。


「サーシャ」

右手を挙げたヤコフに対し、事務方との会議を終えたアレクサンドルは硬い表情で「よう」と挨拶をした。

「聞いたか？」

「何が」

「今度、ステパーンがスカウトしてきたやつ。めちゃくちゃ美人なんだ」

「そういう話には興味がない。よけいな火種にならなきゃそれでいい」

女性がパルチザンに入るのは珍しくもないが、あまりにも美人だと問題が起きそうだ。

「いや、それが男なんだ。すごく美人なのに、何だか妙に色っぽくてさ」

「なんだ。男なら、綺麗でも色気があっても、意味がないだろう」

アレクサンドルは苦笑する。

「そうなんだけど、ロシアから来たジャーナリストだってさ。オデッサの状況を報道してもらえたら、連合国側からの支援ももっと望めるかもしれん」

随分と迂遠な展望だが、それを指摘するのは我ながら残酷だ。

「……そうだな」

「それでさ、タラスが言うには今はおまえが新入りの面接をしてるんだってな」

「え？　ああ、うん」

「だから、その美人にも会ってほしくてさ」

「パルチザンに入りたがってるのか？」

「そうじゃないけど、取材を受けていいか、判断が難しいじゃないか。そんなことはないと思うけど、話が旨《うま》すぎてスパイかもって心配になるし」

それくらいは、ヤコフ自身に判断してもらいたいが、縋《すが》るような彼のまなざしに気づいてアレクサンドルは口を噤んだ。

「ミーチャがいなくなってつらい気持ちも、わかるよ」

「……うん」

ヤコフは最初の戦闘で、仲のよかった弟を失っていた。

「でもおまえまでへこんでいたら、ミーチャが浮かばれない」

優秀な医者だったドミートリィの死は、パルチザンのあいだだけでなく巷《ちまた》でも話題になっていたらしく、戦争の犠牲者として祭り上げられそうな雰囲気だ。それで彼らがドイツを追い出すために働いてくれるなら、彼なりに役目を果たしたのだろう。

「放っておけよ。まったく、兄貴はもう戻ってこないっていうのに、いつまでも落ち込まれてちゃ厄介だ」

聞こえよがしに声をかけてきたのは、ボリスだった。

思わずむっとしたアレクサンドルは立ち上がり、ボリスの襟首を摑む。

「もう一度言ってみろ」

「死んだやつは帰らないんだよ。そうやってずっと辛気くさい顔をされるのは、迷惑なんだ。士気が下がる」

「何だと⁉」

アレクサンドルは右腕を振り上げて相手を拳で殴ろうとしたが、安い挑発に乗ってはならないと己を押し留める。

「やめろって、サーシャ。ボリスもらしくないぞ」

ヤコフに窘められ、アレクサンドルは肩で息をしながらボリスから手を離した。

「誰だって家族を失えば悲しいものだ。サーシャだって同じだよ」

「今は戦時中だ。身も心も活動に捧げられないようなやつは、戦士失格だ。これだから、タラスのやり口はぬるいんだ」

同じパルチザンでも赤軍派出身ではないボリスは、タラスやアレクサンドルのやり口に不満があるらしく、表立って不満をぶつけてくる。

彼がいなくなったので、アレクサンドルは代わりにごつごつとした壁を殴りつけた。

「つくづく、相性悪いんだな、おまえら」

「仕方ないだろう。あっちが挑発してくるんだ」

「……まあ、そういうわけでさ。面接も気分転換になるかもしれないぜ」

「そうかもな」

半ばどうでもいい気分だったが、アレクサンドルの返事に、ほっとしたようにヤコフが息を吐き出した。

「よかった。名前はイリヤ……イリヤ・ゴルジェーエヴィチ・アバカロフ」

「イリヤ……」

イリヤという名前は、ソ連では別段珍しいものではない。それに、あの天使のような美貌を持ち合わせたイリヤと、色っぽいという情報は結びつかなかった。

それでもなお、弱っている状態でその名前を耳にすると、わけもなく胸が疼いてしまう。

できるなら、いつかイリヤに伝えたい。

もう、三人がウィーンで再会する約束は二度と果たされないのだと。

いいや。

イリヤとて、最早生きていないかもしれない。ドイツは徴兵制に移行し、若者の多くは戦地に送られている。イリヤが無事な確率は限りなく低いだろう。

すべては失われた。だからこそ、戦うほかないのだ。奪われたものを悼むために。

「で、そいつは今はどこにいるんだ？」

街の大きなホテルは接収されたので、外国人が滞在できる場所は限られている。

「アパートを借りてるって聞いたよ。ソフィーシカ通りの外れだ」

「わかった」

何もかも忘れて、パルチザン活動に没頭したほうがいい。そのほうがずっと楽だ。

雑念をすべてうち捨てるように、アレクサンドルは短く答えた。

6

陽は既に傾きかけており、空気が冷たさを増した。

指示されたとおりにイリヤが正教会を訪れると、がらんとした教会は驚くほど人気がなかった。故国の教会と違って正教会は信者席が設置されておらず、祈らずに人を待つ場合は立たざるを得ない。

ステパーンは二度目に会う際にはヤコフという青年を連れてきて、彼らは自分たちがパルチザンだと明かした。それからは話はとんとん拍子で、今日はここでパルチザンの幹部に会える手筈《てはず》になっていた。

「……イリヤ」

唐突に声をかけられ、イリヤはステパーンが来たのかと思って振り返る。

そこには長身の青年が佇んでいた。

「え？」

「俺だ。覚えてないのか？」

「……アレクサンドル？」

尋ねる声が、無様に揺らいだ。

「そうだ。会いたかった……！」

いきなり抱き竦められて、イリヤはたじろぐ。

嘘だ。

危惧《きぐ》していた事態が明らかになり、眩暈が襲う。

どきどきと心臓が脈打ち、貧血でも起こしそうだった。

イリヤが信頼できるかどうかを確かめたいから、ここに来るのはパルチザンでも幹部クラスの人物だと聞かされていた。

それがアレクサンドルだというのか。

おまけに、アレクサンドルはイリヤが思い描いていた子供の姿とは、まるで違う方角に成長を遂げていた。

「横顔を見たらすぐにわかった。ずっと、おまえに会いたかったんだ」

触れ合ったままの胸が、ぎゅっと痛くなる。指が痺《しび》れて、頭がぼうっとしてきた。

熱っぽい口ぶりに、凍らせていた心が溶けそうになる。

冷静さの仮面をつけなければ他人につけ込まれるだけなのに、それができない。

「……僕も」

イリヤはおずおずと、彼の二の腕に触れた。

「でも、残念だよ。ミーチャは間に合わなかった。兄貴はドイツ軍に殺されたんだ」

「………」

思わずイリヤが黙り込んだのを、アレクサンドルはショックのためだと受け取ったようだった。

「変わらないな。ううん……想像していたよりも、ずっと綺麗だ」

無骨な指で髪を撫でられ、じんわりと躰の奥底が熱くなる。その事実に狼狽し、イリヤは躰を強張らせた。

いったい何を考えているんだ、自分は。

「おまえに会わせてやりたかったよ。もう、二週間近く前の話になる」

漸く躰を離し、彼が悲痛な調子で言った。

昔のままの彼の善良さに、イリヤのなけなしの良心が疼くように痛む。

こうなったからには、全力で守らなくてはいけない。アレクサンドルのことを。

そのためにも、全部洗いざらい、ぶちまけてしまいたい。そうすれば、少しは心が軽くなるかもしれない。

だが、彼がパルチザンの幹部であれば、イリヤの思惑どおりに守られてくれるわけがない。

それどころか、イリヤに対する復讐すら辞さないだろう。

「ご愁傷様としか……」

イリヤは言葉を濁し、何とかドミートリィの話題から離れようと試みた。

「それにしても、背が随分伸びたんだね。びっくりした」

「そうだよ。可愛いサーシャじゃなくなって悪かったな」

イリヤの記憶の中の彼は、目がくりくりとした愛らしい少年だった。それが、今や精悍《せいかん》で逞しい若者になっており、先ほど触れた外套の上からも筋肉の張りがわかった。

「男前だよ。女の子にももてるだろう？　声も低くなった」

「当然、声変わりするよ。あれから十年以上経ってるんだ」

アレクサンドルは快活に笑った。

「君の妹……ヴェローニカやご家族は元気にしているのか？」

「うん。目は治らなかったけれど、あれから歌がとても上手くなった」

「歌？　合唱団にでも入ったのか？」

「恥ずかしがりだから家でしか歌わない。でも、玄関で歌うとそれが反響して、まるで空から光が降るみたいなんだ」

「へえ……そういえば初めて会ったときも、おまえは歌ってたな」

アレクサンドルは眩《まぶ》しげに何度か瞬《まばた》きを繰り返し、今度はイリヤの頬をなぞる。

「僕の歌なんて、下手だったろう」

「ものすごく綺麗だった。天使が歌ってるんじゃないかと思ったくらいだ。こんなところで再会できるなんて、考えてもみなかった。夢じゃないんだな」

「……うん」

「で、おまえはどうしてここにいる？　ロシア人の振りをしてるみたいだけど」

「――素直にドイツ人なんて白状したら、君たちは僕を疑うだろう？　ろくに取材もできやしない」

　アレクサンドルは少し黙り込んでから、「そうだな」と苦笑する。

「本当に、俺たちの取材をしたいのか？」

「だめかな？」

　上目遣いにイリヤが彼を見つめると、アレクサンドルはいくぶん緊張したような硬い面持ちで「いや」と首を横に振った。

「おまえが本気なら、手助けしよう」

「――ありがとう」

　イリヤは強張った笑みを浮かべ、アレクサンドルに右手を差し出した。

　この手に触れないでほしい。

　この罪深い手に。

　血まみれの手に決闘のための手袋を投げつけてくれれば、どれほどいいだろう。

　彼はその右手を握り返し、何か言いたげに唇を動かす。だが、それだけだった。


　正教会を出た途端に急に無口になり、急ぎ足で帰路を辿るアレクサンドルを、見張りとして外で待っていたステパーンとヤコフが慌てて追いかけてくる。

「どうだった？　すぐにわかったか？」

「ああ」

「でも俺が言ったとおりに綺麗な人だろ？　ちょっと浮き世離れした美貌って感じで。声かけるのも、めちゃくちゃ迷ったんだぜ」

　ステパーンは少し照れたように笑った。

「二人きりで何を話してたんだ？　口説いたんじゃないよな？」

　矢継ぎ早に問われて、アレクサンドルは口許を歪めて凍てついた笑みを浮かべる。

「まさか。本気で取材したいのかって聞いただけさ。俺たちの片棒を担いだって見なされるのは、あっちにとっても危険だ」

「そっかあ……」

　そこでステパーンが言葉を切ると、夕陽に照らされた道に三人の靴音が響く。

「ま、イリヤのことはサーシャに任せるよ」

「何かあったのか？　そういうのはおまえのほうが得意だろ」

アレクサンドルの指摘に対し、彼らは互いに顔を見合わせて、そして口を開いた。

「じつはさ……俺ら、明日からリヴォリへ行くんだ」

「どうして」

「あっちの状況は悪い。電信は傍受されるから、誰かが連絡係に行かなくちゃいけない。それで、ボリスに頼まれてさ」

「危険じゃないか！」

つい声を荒らげたが、ヤコフは表情を変えなかった。

「大声出すなよ」

「——ごめん」

「おまえに言えば反対するだろ。だから、黙ってたんだ」

「するに決まってるだろう」

アレクサンドルが強い口調で断定すると、ステパーンは困ったように肩を竦めた。

「ちゃんと帰ってくるから、安心しろよ」

「そうだよ、サーシャ」

口々に窘められて、アレクサンドルは「わかったよ」と少しぶっきらぼうに応じた。

「じゃあ、またな」

「ああ、また今度」

何の確証もない挨拶を交わしてから、アレクサンドルは二人と別れて家路を辿る。

イリヤは美しかった。想像していたよりも、ずっと。

会いたかった。会って話したかった。抱き締めて、それから——。

夢の中でそうしたように、イリヤに触れたいとすら思っていた。

まさかの再会がアレクサンドルの精神を昂揚させ、そして同時に冷たい怒りが心を蝕《むしば》んでいた。

仲間たちに嘘をついた重みが、まるで氷のように胸に沈み込む。喉のあたりに何かが詰まっているようだ。

イリヤはドイツ軍のスパイに違いない。

そのうえ、あのとき、ドミートリィの墓にやって来た将校はイリヤだ。今日は普段着だったが、肩から顎のラインを見て確信した。忘れ難い人の面影は、そこかしこに残っていたからだ。

一言でいい。言い訳をしてほしかった。謝ってほしかった。

本心を一つでも打ち明けてくれていれば、それで多少のわだかまりは解けたかもしれない。けれども、イリヤは真実など何も口にしなかった。

それが決定打だった。

いっそ、自分のこともドミートリィのことも、忘れたとでも言ってくれたほうがよほどましだった。なのに平然と近づいてきたのは、彼がパルチザンの動向を探ろうと図っているからだろう。

氷のような自制心で、イリヤはかつての友情を葬り去ったのだ。

長い年月は彼を変えてしまい、あのときの彼はどこにもいない。

ならば、彼に存分に償わせてやろうではないか。

ドイツ軍の情報を引き出すだけ出させて、反逆者としてドイツ兵に突き出してやる。同胞の手で引き裂かれればいい。

でなければ、こちらの気が済まない。

「畜生……何でだよ……」

どうしてなんだ、イリヤ。

好きだった。好きで、好きで、たまらなかった。

あんなにも焦がれ続けていた存在が、今や違う真紅を戴いているのだ。

地区司令部の前を行き交う人々は制服姿のドイツ兵ばかりだったが、イリヤは帽子を目深に被って足早に玄関に滑り込む。門で簡易身分証明書《ケンカルテ》のチェックを受けていたので、問題なく中に入れた。

あれから、二日経った。

アレクサンドルからの連絡はない。イリヤは以前のように街を歩き回ってみたが、ステパーンもヤコフも見かけず、ポチョムキンの階段に座って無為に時間を過ごした。

アレクサンドルと再会できたのは僥倖《ぎょうこう》だったが、かといって、彼を利用するのに抵抗はあった。

第一、それではドミートリィとの約束を破ることになる。

アレクサンドルが生きている限り、ドミートリィの遺言に従うと決めたのだ。

だとすれば、軍人の矜持を捨て去るほかない。

幼い頃はあれほど憧れてやまなかったオデッサが、今では、イリヤにとって疎ましい場所になりつつある。

その変化が、何よりも厭わしかった。

イリヤはすぐに入り口そばの守衛室に立ち寄り、預けておいた軍服に着替える。人々はここでちょっとした用事を言いつけたり、苦情を伝えたりしている。ここではあちこちの部屋の鍵が管理されており、木製のケースにはいくつもの鍵が保管されていた。

不用心なものだと思いつつ、そのままクラウスのところへ足を向ける。

部屋に入るとクラウスは執務中だったが、そこでペンを走らせる手を止めた。

「首尾はどうだ？」

単刀直入に問われ、イリヤは背筋を伸ばした。

「パルチザンと接触できました」

「それから？」

まさか、たかだか数日でパルチザンと信頼関係を築いたというのは、あまりにも話が旨すぎるだろう。かといって、昔馴染みに会ったと白状すれば、彼はすぐにそれがサーシャ――アレクサンドルだと気づくはずだ。それではドミートリィの二の舞だ。

ドミートリィを死なせてしまっただけでも気が狂いそうなほどにつらいのに、ここでアレクサンドルまで危険に晒すわけにはいかない。

結論としては、クラウス好みで彼が信じたくなるような嘘をでっち上げるほかなかった。

イリヤは毅然《きぜん》と顔を上げ、クラウスを見つめて口を開いた。

「――そのうちの一人の、籠絡に成功しました。これで潜入捜査が可能になりました」

「おや」

クラウスの口角が上がり、どことなく嬉しげな笑みが浮かんだ。

「それはまた愉《たの》しそうだ。君が率先して男を誑し込むとはね」

「僕だって、あなたが知らない面は持っています」

イリヤがつい語気を強めると、クラウスはますますおかしげに笑った。

「だとしたら、どうやって野蛮な連中を落としたのか、実演してもらおうか」

「え」

思ってもみなかった切り返しに、イリヤは顔を強張らせる。

こう返されたときの対策を考えていなかったので、イリヤは心中で舌打ちをする。

「私が嫌なら、部下を呼ぼうか？」

「——あなたが」

声が掠れる。

ここでクラウスの部下に脚を開く羽目になったら、それこそ目も当てられない。

「あなたがいい……クラウス」

「してごらん」

「失礼いたします」

一言断ってからイリヤはクラウスに近づき、彼の頬に手を添える。遠慮がちに顔を近づけていくと、すべてを見透かすような面持ちのクラウスと目が合った。

怖い。

唐突に終わった短い接吻《せっぷん》に、クラウスは笑んだ。

「生娘みたいなキスじゃないか」

「どうやったのかというのを、実践したまでです」

「ふむ」

微笑したクラウスはイリヤの腰に手を回すと、ぐっと引き寄せる。顎を摑まれたと思った途端に強引に口を開かされ、歯列を割るように男の舌が忍び込んできた。

「んっ！」

反射的に声が漏れたが、クラウスはその程度で許すような生やさしい人物ではなかった。まるでイリヤの口腔《こうこう》を蹂躙《じゅうりん》し、屈服を促すかのように、舌で丁寧に征服していく。上顎の裏側を舌先で擽られ、ぞくっとしたものが躰に走った。

「んふ……ン……」

懸命に鼻での呼吸を試み、イリヤは目をぎゅっと閉じたままこの暴虐に耐えた。

漸くクラウスが接吻をやめたので、イリヤは薄目を開け、そしてさりげなくクラウスから顔を離す。自分の口許を手の甲で拭うと、彼は無感動に口を開いた。

「まさか、これだけで落とせるわけがないだろう？　最後までしなさい」

どこか甘い命令形に、イリヤは自分の下腹部が疼いたような気がした。今のキスのせいで性感が高められているのだと察したが、未熟な自分自身ではそれを止めることはできない。

咥《くわ》えるべきか、挿《い》れるべきか。

普通の男ならば、いきなり同性の肉体を抱くのには抵抗があるはずだ。

逡巡《しゅんじゅん》した挙げ句イリヤは彼の前に跪《ひざまず》き、軍服をくつろげた。

こんなところではしたない真似をする緊張と怒りに手にじっとりと汗が滲むが、気取られないように気をつけながら、イリヤはクラウスのペニスに顔を近づけていった。

初めてではないが、ぎこちなく舌を這《は》わせて慣れない奉仕に耽《ふけ》っていると、クラウスが低く笑うのがわかった。

「なに、か？」

「下手だな。娼婦には不合格だ」

「！」

「ベルリンで上の連中を誑かしたと聞いていたが……この程度だったとはな」

クラウスはわざとらしくため息をつく。

「無論、アーリア人を屈服させたい雄ならば、これで十二分だ。君みたいに綺麗な子を犯すのはそそるだろう。とはいえ、彼らは君をただのロシア人だと信じているのだったね」

揶揄に隠された真意が見えないまでも、イリヤは必死になってクラウスの性器を舐《な》める。自分の唾液にまみれたそれが卑猥《ひわい》なのか滑稽なのか判断できなくなった頃に、クラウスがイリヤの髪を摑んで「咥えなさい」と命じた。

「え？」

「たまには上官らしく、指導してあげよう。口に全部納めるんだ。できるだろう？」

イリヤは半ば怯《ひる》みつつも、口を開けてクラウスのペニスを呑み込んでいく。やわらかな唇に触れる男のものは醜怪に思えたが、ここまで来た以上は後には退《ひ》けない。

「これを教えなかった理由を知りたいか？」

問いながらクラウスはイリヤの後頭部に手を添え、唐突に喉の奥まで突き上げてきた。

ぽたぽたと零れた唾液が、クラウスの磨き上げられたブーツのそばに滴る。

「ぐ…ッ……」

苦しい。クラウスがそこを秘部に見立ててぬちゅぬちゅと抜き差しを始めたのに気づき、イリヤは狼狽する。

嫌だ。怖い。また穢されてしまう。

どうしていつも、自分の魂を踏みつけるのはこの男なのだろう？　その権利を渡したつもりはないのに、クラウスは平然とイリヤを凌辱《りょうじょく》してやまない。

穢されるのが嫌なら、自分から暴虐に立ち向かうほかない。

なのに、それができない己の弱さを、イリヤ自身が嫌になるほど知悉《ちしつ》していた。

「教えたら、あさましい君のことだ。すぐに癖になってしまうだろう？　君をそこまで墜《お》とすのはまだ早い。まだまだ愉しませてもらいたいからね」

男の立派なペニスで脳まで掻き混ぜられているような、火を噴きそうなほどの恥辱を感じながらも、イリヤは懸命に主導権を取り返そうと試みた。

「ん、く…ぅ…ッ…」

躊躇いつつもイリヤが顔を上下に動かし始めたのを見て、初めてクラウスは満足したように息を吐く。

「もう腰が動いているよ。有能な中尉殿は、気持ちよくなる方法を見つけたようだね」

「だって……」

「ほら、今度は口がお留守だ。少しは我慢しなさい」

「ん、く……んん……」

上手く飲み込めずに、唾液がぬるぬると首のあたりに垂れる。クラウスの性器に歯を立てないよう気遣いつつ、イリヤは慎重に舌を往復させた。

「そうだ。やっと娼婦らしくなってきたな」

違う。自分は娼婦なんかじゃない。

イリヤをこんな風にしたくせに、素知らぬ顔で辱めるクラウスが憎らしかった。なのに、この淫らすぎる肉体はそれを拒めないのだ。

「それでは仕上げだ」

クラウスは口腔を突き上げ、乱暴にイリヤの喉の奥を抉る。

「！」

「顔を離すんじゃない。精液まで嗜《たしな》んでこその籠絡だろう？」

嘔吐《えず》く苦痛に涙で視界が淀み、頭を押さえ込まれたイリヤはそのまま達していた。

自身の下腹部が軍服の中でじっとりと濡れる。イリヤは虚《むな》しさと安堵《あんど》の狭間でどこか恍《こう》惚《こつ》としながら、クラウスの精を口腔に受け止めた。

口に出された精液を吐き捨てることもできず、イリヤは仕方なくそれを飲み下した。

床に座り込んで動けないイリヤを睥睨《へいげい》し、クラウスは満足げに笑む。軍服を汚してしまった惨めさに、自分で自分が恥ずかしくなった。

「今回の任務に関しての、君の熱意は理解したよ。これで面白くなってきた」

クラウスにだけは――こんな男にだけは、アレクサンドルを殺させたくない。

自尊心も矜持も、アレクサンドルの命に比べれば安いものだ。

この命に代えても、彼を守ろう。ドミートリィとの約束を果たすのだ。

「もうこんな時間か」

つい独り言を呟《つぶや》き、アレクサンドルは自分の肩を右手で揉《も》む。

面倒な計算をしているうちに、すっかり日が暮れてしまっている。

食欲はあまりなかったが、何も食べないわけにはいかなかった。

一人暮らしになってから、料理を作る気力が出ないのが最大の問題だろう。

イリヤに会いたい。会って話をしたい。そんな衝動と同時に、彼に対する冷たい怒りが共存している。

長くこの感情を抱えていれば、それは憎しみにすら変わってしまいそうだ。

いや、既に変わっているのだろうか。

思慕の念は変質し、凍りつき、化学変化を起こしている。

中途半端に友好的な態度を見せられるのが、何よりも苦しかった。

イリヤは裏切り者だ。アレクサンドルを平気で欺《あざむ》こうとしているのだから。

庶民的な食堂《スタローヴァヤ》に入ったアレクサンドルは、自分のあとからドイツ軍将校が店に足を踏み入れるのに気づいてぎょっとした。

長身の人物は三十代半ばくらいか。粗野な軍人とは違い、堂々とした振る舞いが目につく。時たまドイツ軍には貴族出身の将校がいるが、そうした連中かもしれない。

「本当によろしいんですか？　危険ですよ」

部下らしい人物は、ウクライナ人ばかりの店に飛び込んだのに気後れしているようだ。

大学で齧ったドイツ語は少しならばわかるので、切れ切れの単語から彼らの会話の内容は推察できた。

「ここで死ぬのなら、私に運がなかっただけだ」

「だいたい、こんな店じゃろくに料理もないですよ」

「物資不足だからね」

いったい誰のせいなのかとアレクサンドルは苛立ったが、相手はまるで意に介していない様子だった。

「いい店だったらあの子に教えてあげよう」

「え？　ああ、大佐のお気に入りですか」

声音に笑いが混じり、相手は苦笑したようだ。

「そうだ。昼も夜も、私に忠実に仕えてくれる可愛い人形だ」

「お遊びはかまいませんが、マイクにだけは気をつけてくださいよ」

マイクとは、盗聴されているのだろうか。要は、そのお気に入りとやらと、よろしくやっているという意味に違いない。何とも暢気《のんき》な連中だと、アレクサンドルは内心で舌打ちをする。

「毎朝調べさせているよ」

「用心深くて結構です。……で、料理はあっちから自分で取ってくるんです」

「なるほど」

スタローヴァヤはカフェテリア方式だと知っていたらしく、部下が将校を連れていく。

品数は少なかったが、彼らはムール貝入りのプロフや揚げたカレイを皿に載せた。オデッサは港町なので、魚料理はいろいろな種類があるからだ。

「どうですか？」

「東部で羊肉のプロフは食べたが、魚貝入りなのがオデッサ流だな」

ドイツ軍将校が混じったせいで客たちは畏縮し、誰もが居心地が悪そうにしている。さっさと帰ってくれればいいと思っていたところに、「君」といきなり話しかけられた。

流暢なロシア語で、顔を上げると、ごく間近に当の将校の姿があった。

灰褐色の目がまるで鷹《たか》のように鋭く、軍服の上には各種の勲章が揺れている。

美しい男だった。

「何でしょうか」

「この店の名前を書いてもらえないか？」

手帳を差し出されて、アレクサンドルは不審を覚えつつもペンを受け取った。

「え？」

「知り合いに教えたいんだ。話すことはできても、書くのは難しい」

「……わかりました」

反発しても仕方がないので、その手帳に店名を書く。

「ありがとう」

そこで男は初めてアレクサンドルに気づいたような顔になり、一瞬、目を眇《すが》めるようにしてこちらの顔を見やった。

自分の顔に何かついていただろうか。

「何か?」

「いいや。知った顔に似ていたんだ」

彼は口許を綻ばせ、微笑を浮かべた。

この街で支配者ぶって振る舞い、つくづく気に食わない連中だ。

いずれ連中に災いが降りかかればいい。そして、早くオデッサから出ていってほしかった。

7

夜のオデッサは、しんと静かであたかも街全体が墓所のようだ。

黒海の真珠と呼ばれる街の今の姿に、イリヤは寂寥《せきりよう》すら覚えていた。

自室で本のページを捲《めく》りながら、イリヤは思わず頬杖《ほおづえ》を突く。

ちっとも連絡が取れない、ヴェローニカが気がかりだった。

本来ならばヴェローニカからの手紙はイリヤのところに届くはずだが、当然ながら、スパイの自分がドイツからの郵便を受け取るわけにはいかない。郵便に関してはクラウスの部下に頼んでいた。ほかにも、ここに持ってきた数少ない私物はすべて軍部に預け、イリヤはロシア人ジャーナリストになりきらなくてはならなかった。

雑誌にはスターリンの発した檄《げき》が踊り、読んでいても面白いものではない。同じように赤をシンボルカラーにしながら、ドイツとソ連はどこまでも相容れないのだ。

イリヤの気持ちなど無視して、夜はしんしんと更けていく。

こんな大人に、自分はなりたかったのだろうか。

椅子の上で膝を抱え、イリヤはそこに顔を埋《うず》める。

子供の頃は、ずっと、懐かしいウィーンでドミートリィとアレクサンドルの兄弟に再会することだけを望んでいた。

だけど、その夢はもう二度と叶《かな》わない。

「…………」

軽いノックの音に、イリヤははっと顔を上げる。

まさか、クラウス――だろうか。

不安を覚えつつドアに駆け寄ると、外に立っていたのは意外にもアレクサンドルだった。

「！」

「今、いいか？」

自室に盗聴マイクがないのは、既に調査済みだ。無論、自分のような末端の人間が盗聴されるとは思っていないものの、クラウスが相手となると別だ。

「勿論。どうしてここがわかった？」

「ステパーンに教わった。このあいだはろくに話せなかっただろ。知り合いだって知られれば、みんなにもいろいろ聞かれるし」

「それもそうだね。ありがとう」

アレクサンドルは勝手に部屋に入ると、食堂の椅子を一つ引いて座り込む。彼の視線がテーブル上の雑誌に注がれていると気づいたが、そもそもここにはドイツ軍との関連を示すようなものは一切置いていない。疑念を抱かせる材料は見当たらなかった。

「何か飲む？」

「酒は？」

「ごめん、ここには何もないんだ。あるのはお茶くらいかな」

愛らしかったアレクサンドルが酒を嗜むとは想像もつかず、イリヤはたじろぐ。早く自分の中の認識を改めなくては、昔と今の彼のギャップに戸惑い続けそうだ。

「そうか」

アレクサンドルは片頬を歪めて小さく笑い、素早く視線を室内に走らせる。それに気づかない振りをしながら、イリヤは湯を沸かすために椅子から立ち上がった。

「これは？」

「え？」

やけに真剣な面持ちでアレクサンドルが摘んだのは、クラウスが寄越したメモだった。

「ああ、近くに美味しいスタローヴァヤがあるんだって」

行ってみるといいと言われて名前だけを教えられたが、それでは場所が今ひとつよくわからず、そのままにしてある。

メモ自体がロシア語で書かれているので、特に気に留めていなかった。

「このメモ、誰が書いたんだ？」

「街で教わったんだ。知ってる店なのか？」

破り取られた手帳に不審な点はないはずだが、アレクサンドルの鋭い視線が気がかりで、イリヤはそれを片づけようと手を出した。

伸ばした腕を、いきなり摑まれた。

「……何か？」

痛みに顔をしかめてみせたが、アレクサンドルはまるで気にしていなかった。

間近で見つめるアレクサンドルの顔は、やはり精悍で男らしい。十年前には当然なかった逞しさに、なぜか胸の奥が疼いた。

そのせいか、思わず、見惚《みと》れてしまいそうだ。

「——あんたが、あの大佐のお気に入り、か」

詰めていた息を吐き出すように、掠れた声で彼は告げた。

「えっ？」

大佐とはクラウスか？　それとも赤軍の誰かか。

わからない。

息が止まるような感覚に襲われ、イリヤはアレクサンドルを凝視した。

「何であんたが、汚れ仕事をしているのかと思っていた。でも、それなら納得がいく。綺麗なだけじゃなくて、妙に色っぽいと思えたのも……」

「何を、言ってるんだ」

アレクサンドルは怒っているのだと察したが、理由が摑めなかった。

クラウスのことを気づかれたようだけど、いったい、どうして？

「クラウス・フォン・アーレンベルク大佐。あんたはあの司令官の愛人ってわけか」

「君は何か誤解しているみたいだね」

冷や汗が背中を流れるのを感じつつ、苦笑したイリヤは誤魔化そうと試みた。

「証拠はそのメモだ。そいつは、大佐とやらのために俺が書いたんだ」

「！」

どういう理由でそんな経緯になったかは知らないが、嘘を言っているようには見えず、指先が震えてしまう。

「サーシャ」

「馴れ馴れしく呼ぶなよ。これでよくわかった」

アレクサンドルがイリヤから手を離し、反論一つできないイリヤに詰め寄った。
二、三歩後退《あとずさ》ると壁にぶつかり、竦んだようにイリヤは動けなくなる。
「何が」

「否定しても無駄だ。もう、あのときのあんたはいない。イリヤ……あの頃のあんたは死んだんだな」

　アレクサンドルの両腕が自分の首にかかり、一瞬、それでもいいのかもしれないという考えが脳裏を過り、躰の力を抜く。

　これで人形としての人生が終わるのならば。

「何だよ、罪滅ぼしのつもりかよ」

　一瞬見せてしまった諦念がアレクサンドルの怒りを煽ったらしく、彼は今度はイリヤの腕を摑んだ。

　強引に引《ひ》き摺《ず》られるように、寝室に連れていかれる。

「‼」

凄《すさ》まじい力でベッドに突き飛ばされて、硬いマットレスの上に転がされる。

「ここであんたを殺せば、ただのお尋ね者になる。だけど、俺はドイツ軍をこの街から追い出さなくちゃいけない」

「待って」

「せめて腹いせにつき合ってくれよ。それくらいできるだろ？」

　彼の言葉が何を意味しているのか、さすがに察していた。

「腹いせって、どうして？」

「――ミーチャを死なせたのは、あんただろう⁉　墓参りにまで来てたんだ、違うとは言わせない」

「……見ていたのか……」

まさか、あんなところを目撃されていたなんて。

「そうなんだな？」

「……ああ」

「どうしてだよ⁉　兄貴は十五年経ったらあんたに会うのを楽しみにしてた。戦争が終わるのをずっと待ってた。それなのに、何で！」

「今は戦下で、僕は軍人だ。お互いに守るべきものがある」

毅然と言い切るイリヤを、アレクサンドルは憎々しげに睥睨する。

「とにかく、馬鹿な真似はよしてくれ。君は、そんな人間じゃないだろう？」

ほかでもないアレクサンドルに躰を許すなんて、絶対に嫌だ。

一番綺麗な思い出を、これ以上台無しにしたくない。

「あの男はいいくせに？」

一瞬、言葉に詰まったイリヤの顎を摑み、冷ややかな目でアレクサンドルが見下ろしてきた。

「それに、俺だって変わった。俺はあのときのちっちゃなサーシャじゃない」

アレクサンドルの目には苛烈な怒りの色が見え、イリヤは初めて彼が怖いと思った。

もともと好奇心が旺盛で負けず嫌い、気性が激しい一面がある。それらが自分とまるで違って好ましく感じていたが、今や、その強烈な憤怒はイリヤを恐怖させるだけだった。

「可愛い妹にだって、兄貴が男と寝るようなふしだらな人間だと知られたくないだろう？」

「じゃあ、離せ。頼むから……」

アレクサンドルとそういう意味で触れ合う可能性を、一度たりとも考えたことなんてなかったのだ。

アレクサンドルを押し退《の》けようとイリヤは抗ったが、体格の差は如何《いかん》ともし難い。イリヤが軍人として教練を受けているとはいえ、アレクサンドルはがっちりとした体格で上背もある。

「これは罰だ。散らばった麦は、もう、一つの束にはならない」

どうすればこの吹き散らされた麦をまたもとの一つの束にまとめられるのか、ここまでばらばらになった手足を再び一つの身体に戻せるか。

枕元に置いてあった『タイタス・アンドロニカス』の一文を諳《そら》んじられ、胸を衝かれたような気分になる。娘を凌辱されて両手と舌を切断されたうえ、義理の息子と実の息子を処刑された英雄のタイタスは復讐の鬼と化す。まさにオデッサの市民は、誰もがタイタスになり得るのかもしれなかった。

——血には血を、死には死を、これが報いだ。

「やめろ！」

イリヤは暴れたものの、体格の差は圧倒的だった。

アレクサンドルはイリヤのネクタイを抜き取り、それを両腕に巻きつける。

ついで下半身を裸に剝《む》かれ、羞恥と困惑に血の気が引いていった。

「やめてくれ……」

「兄貴もそう懇願したんじゃないのか？」

外套を脱いだだけの彼に、引き締まった足首を摑まれる。両脚を持ち上げられ、イリヤは蒼褪めたまま相手を見やった。

負い目だろうか。それとも、憐れみだろうか。

——サーシャを頼む。

ドミートリィの最期の言葉が、イリヤの耳の奥で谺《こだま》する。

「萎えるかと思ったけど……まあ、いけそうだ。目を閉じるなよ」

「…………」

諦めと混乱に襲われ、イリヤは項垂《うなだ》れる。

そもそも、どうして嫌なんだろう。

こんなこと、どうでもいいじゃないか。クラウスの手で墜ちるところまで墜ちきった自分にしてみれば、大した試練ではないはずだ。

なのに。

幼い頃に抱いたあの美しい友愛を、壊されたくない。

自分の穢れを、アレクサンドルに押しつけてしまうようでぞっとする。

「あんたを犯す男が誰か、よく見てろよ。俺があんたへの憎しみを忘れられないのと同じように、あんたも俺を憎めばいい」

熱い肉塊がそこに宛てがわれると、イリヤは本気で狼狽して腕を振り回した。だが、ぐっと容赦なく侵攻され、喉の奥から悲鳴が漏れて動けなくなった。

「意外とやわらかい……やっぱり、慣れてるのか」

蔑むような口ぶりに、イリヤは泣きたくなった。

「……ッ」

痛い。めりめりと音を立てて、あたかも処女地を開墾されていくようだ。何度となく雄を受け容れた場所なのに、凌辱には苦痛が先立った。

クラウスは違う。最初のとき以外は丹念にイリヤを昂らせ、男の欲望を受け止められるように時間をかけて蕩《とろ》かしてくれた。けれども、アレクサンドルのやり口はただの暴力だ。

イリヤの苦しげな呻《うめ》きなど無視し、アレクサンドルはより深い場所を穿《うが》とうとする。

「……う……うー……ッ」

——どうしよう……。

つらくてたまらないはずなのに、圧倒的な質感にも多少は馴染んでくる。こうなると性器に肉襞《にくひだ》を擦《こす》り上げられる単調な動きさえ、イリヤに狂おしいほどの快感をもたらしつつあった。

こんなときでさえも快楽を感じる自分の肉体が、ひどく厭わしい。

「畜生……どうして、こんな……」

無意識にペニスを締めつけてしまったせいか、アレクサンドルは、感極まったように息を吐き出した。

肉体を貫かれる辛苦と、熟知した酩酊《めいてい》のせめぎ合いに頭がぼうっとなってくる。

「ん……ふ……く……ぅ……」

小刻みに息を吐き出し、何とか喘がずにやり過ごそうと試みる。

愉楽を求めるのであれば、腰をくねらせてあそこにアレクサンドルを誘い込めばいい。

しかし、そうすればよけいにアレクサンドルに蔑まれるのは目に見えていた。

悦楽など、自分には過ぎたものだ。

これは、罰なのだから。

「何だよ、おとなしくなって」

髪を掴んだアレクサンドルに乱暴に上を向かされ、イリヤははっとした。

「俺はどうだ？　あの男と比べてさ」

硬くて、熱くて、大きくて——技巧という意味では当然クラウスには敵《かな》わないだろうが、息苦しくなるほどの圧迫感は凄まじい。

「きつくなった。あいつを思い出してるのか？　緩めろよ、全部入らないだろ」

アレクサンドルの声が掠れている。

「ッ！」

乱暴に腰を動かされて、これ以上拒めば裂けてしまうと、イリヤは仕方なく力を抜く。

それに気づいたらしく、アレクサンドルが最奥まで突き入れた。

彼のズボンが膚に触れ、否応なしに、道具のように犯される自分自身の情けなさを実感する。

「…ひ、ん、う…ー…ん…っ」

音を立てて肉と肉がぶつかり、蒸れた洞《うろ》をペニスが抉り上げていく。遠慮も何もない行為は乱暴で、そして、奇妙な陶酔《とうすい》を伴っていた。

息を弾ませながら、イリヤは懸命に理性を保とうと試みた。

感じてはだめだ。溺れてはいけない。

クラウスに教育された躰は、快楽と暴力の奴隷にも等しい。こんな関係が嫌で彼から離れようとしたこともあるが、塞《せ》き止められたままクラウスに焦らされ、泣いて射精を懇願

し、そのブーツにキスをさせられて反抗は終わった。

「ちっとも感じないんだな」

「当然…だろう……」

息を弾ませながら、イリヤは自分の掌に爪を立てて必死で耐える。

本当は、そこを虐《いじ》められるのには一番弱い。肉と肉のあわいの一点を刺激されると、浅ましくも啜り泣いてしまうときもままあった。

「可愛げがない」

いっそ、もっと勢いよく突いてほしい。敏感な場所を壊れそうなほどに責め立てられ、あられもなく乱れて、自尊心ごと粉々にされたい。

けれども、そうされたら最後、イリヤは自分自身を許せなくなる。

こんなことで悦《よろこ》ぶはしたない人間だと思われたくない。これ以上、アレクサンドルに軽蔑されるのが嫌だ。

「…やだ……やめろ…っ…」

卑猥な水音を立てて、アレクサンドルが律動を再開する。

「やめるわけがないだろ？　あんたは敵だ」

敵として肉体を征服される、その虚しさ。

「金髪のお美しいナチ将校を犯せるなんて、悪くない」

アレクサンドルの動きが速くなり、それに応じてイリヤの思考も掻き乱されていく。

「…っく……う、う…やめて……」

アレクサンドルの手ががっちりとイリヤの細腰を押さえ込み、終わりを目指して抽挿《ちゅうそう》を繰り返す。

「出すぞ」

「やだ…やだ、嫌だ！」

中に出されたら、その悦びに自分も極めてしまうかもしれない。

クラウスに仕込まれた己の躰は、そこまでおぞましいものなのだ。

「そんなに俺が嫌なのか？」

くっと笑ったアレクサンドルはイリヤをきつく押さえつけ、逃れられないようにしっかりと躰を固定する。ぐっとペニスの尖端が腸壁に押しつけられるのを感じて、イリヤは「嫌だ」と嗚咽《おえつ》交じりに訴えた。

「劣等人種の精液で孕《はら》むのが怖いんだろ？　一滴残らず飲めよ」

「……ッ」

熱い……。

射精されたのだ。

雄の体液をぶちまけられたのを認識し、イリヤは言い知れぬ絶望に震えるほかなかった。

それでも自分が達《い》かずに踏み留まった点にほっとし、イリヤは脱力した。

「――これで気が済んだのか」

射精まで許してしまった痛苦に、イリヤはアレクサンドルを力なく睨《にら》みつけた。ネクタイは外してくれたものの、腕には拘束された真っ赤な跡が幾筋も残された。

自分の意思を無視して肉体を犯したアレクサンドルに対する怒りと失望。それから、この事態を招いた己への憎悪。それらが綯《な》い交《ま》ぜになり、イリヤの胸を締めつける。

「そんなわけがないだろ」

性欲を吐き出してもなお怒りは募るらしく、アレクサンドルは吐き捨てた。

「じゃあ、僕にどうしてほしいんだ」

「少しでも悪いと思ってるなら、情報を寄越せよ」

「……情報？」

合点がいかずに、イリヤは眉を顰める。

「軍の情報だ。できるだろ」

「僕と……いや、僕はともかく、ヴェローニカたちに死ねということか」

「それくらい上手くやれるだろ？」

アレクサンドルはあくまで冷たかった。

「僕は末端の人間だ。軍の系統は複雑で、君たちが考えるほど重大な情報を知っているわけじゃない」

「将校なのに？」

そういえば、墓地で制服を見られていたのだとイリヤは心中でため息をつく。

「ん？　そういや、あんた、前に自分をロシア人って言ってたよな。ドイツでもロシア人は将校になれるのか？」

刹那、言葉に詰まったせいで、アレクサンドルはそれがイリヤの弱みだと見抜いたらしい。頭の回転の速い人物は、これだから厄介だった。

「……ここに来たのは、パルチザン対策だ。着いたのは先月で、ベルリンからオデッサに直行した。ろくな情報は持っていない」

「東部戦線で戦っていたわけじゃなかったのか」

「そんなところにいたら、今頃死んでいる」

「だったら、あんたは何で軍人になんてなったんだ？」

心の奥底まで見透かすような瞳は、昔と変わらない。

変わったのは自分のほうか。

アレクサンドルが純粋さゆえに自分を辱めたのであれば、皮肉な話だった。

「保身のためだ。それ以外理由はない」

「出世欲か。そのためにミーチャを犠牲にするなんて、あんたはすっかり変わったんだな」

アレクサンドルは吐き捨てた。

「どうしてミーチャを殺した⁉」

「――街で僕を見かけて、話しかけてきた。パルチザンのくせに、僕がドイツ兵だと知って接触するなんて……」

極力冷たく、感情を交えぬようにイリヤは言ってのけた。

「そういうやつなんだよ」

振り絞るような声でアレクサンドルは吐き出す。

「兄貴だけは、馬鹿みたいに信じてた。いつか、ドイツ軍ともわかり合えるって。あんたとの約束を守るって」

「………」

いたたまれない気持ちになったが、ここでドミートリィの死を悼む権利はイリヤにはなかった。自分は彼を見殺しにしたのだ。

「あんたが手をかけたのか？」

「どちらにしても、彼は死んだ。誰が何をしたかなんて、大した違いじゃない」

「責任逃れかよ」

「君は昔と同じで、向こう見ずだ。好奇心が旺盛なのはいいが、本気でドイツ軍をどうこうできると信じているのか」

「信じてる」

むっとした様子でアレクサンドルは告げる。

「だから、あんたを……」

アレクサンドルは唇を戦慄《わなな》かせると、何かを振り切るようにそっぽを向いてからイリヤの腕を掴んだ。

「あんたを許さない。ミーチャはもう戻ってこないんだ」

アレクサンドルは大きく肩で息をつき、気を取り直したように顔を向けた。

「そっちだって、組織に潜入できなかったらまずいんだろ？　俺が口を利いてやるよ。嫌だって言うなら、あんたと大佐の関係と……それから、あんたの血筋を司令部中にばらしてやる」

「卑劣だな」

「どっちが卑劣なんだよ」

イリヤの主張を聞き、アレクサンドルは喉を震わせて笑った。

「俺の立場を盤石にできる程度には情報を寄越せよ。そうじゃないと、仲間に入る気もないジャーナリストなんて、胡散臭くて連れていけない」

アレクサンドルの言い分も尤もで、イリヤは暫し考え込んだが、選択の余地などなかった。

「――野戦憲兵たちは、君たちの組織を探ろうとしている。近いうちに、マルクト通りの入り口を調べるつもりだ」

「マルクト通りか……」

アレクサンドルは唇を噛む。

「正しい情報だと思うのか？」

「ああ、あそこが一番、入りやすい地点だからな。一時はあそこから侵入する連中が多くて、警備が厚かった」

過去形なのを鑑みると、今は警備は通常に戻っているのだろう。

いくら職務のためとはいえ、秘匿すべき情報を漏らしたことは、イリヤに苦い罪悪感をもたらした。

舌の上がざらつくようだった。

もう何も考えたくなくて、イリヤは目を閉じる。

髪に何かあたたかなものが触れた気がしたが、既にどうでもよかった。

イリヤは疲れきったらしく、会話のあとには眠りに落ちてしまっていた。

「おい、イリヤ。寝るなよ」

「静かに」

一度目を覚ましたイリヤは枕に顔を埋め、粗末な布団を頭まで引っ張り上げてまた眠ってしまった。

「静かにって……ったく、何でここで寝るんだよ」

不用心にもほどがあると、アレクサンドルは舌打ちをする。

互いに敵対しているとわかれば、命を狙われてもおかしくないはずだ。

あの一瞬、首を絞めかけたアレクサンドルに身を委ねたときのように、イリヤはどこか希死念慮を持っているのか。

だとしたら、よけいに死なせてなんかやるわけがない。

イリヤがどんな反省を見せたとしても、自分は彼を許せない。ゆえに、アレクサンドルはイリヤの肉体を弄ぶことを選んでしまった。

そのほうが確実にイリヤを傷つけられ、苦しめられると思ったからだ。

あるいは、触れたいという感情のほうが先だったのか。

幼い頃からずっと夢見ていた美しい幻をこの手で粉々に打ち砕いてしまった。

男同士の行為に嫌悪感はなかった。それどころか、行為のあいだは苦いなりに激しい昂揚を覚えたが、終わってみると虚しさが強かった。

畜生。

結局イリヤは、自分がドミートリィの死に関与したかどうかは、曖昧なまま白黒をつけなかった。

そこが一番大事なところなのに。

ともあれ、ここにいればまたしてもイリヤを嬲りかねない。さすがにそれは野蛮すぎると、アレクサンドルは苛立ちを抱えて立ち上がった。

部屋から出るべく衣服を直したアレクサンドルは、食堂に何かが落ちているのに気づいた。

「?」

鎖がついた銀色のメダルだった。

見覚えがあるのも当然だ。

家から持ち出したつもりはなかったが、ポケットにでも入っていたのだろう。こんなものをいつまでも持っているから、イリヤに対する未練を捨てきれないのかもしれない。

そう考えつつも、アレクサンドルは拾ったメダルをポケットに押し込んだ。

外に出たアレクサンドルは、何気なく通りをぐるりと一周してから、イリヤの部屋を見上げる。カーテンは相変わらず閉まったままだったので、彼はまだ寝ているのだろう。歩を進めたアレクサンドルは、例のスタローヴァヤの前を通りかかる。

あの店で食事を摂ることも脳裏を過ったが、にやけた大佐を思い出してやめた。

自分とあの男では、あまりにもタイプが違いすぎる。

如何にも余裕ありげな大人の男と、イリヤよりも年下で怒りに任せて彼を凌辱した自分とでは。

あんな男に抱かれていたら、妙に色っぽいとステパーンたちが評するのもあたりまえじゃないか。あの男になら、イリヤは感じて艶《なま》めかしい声を聞かせるのかもしれない。

苦い感情が、喉元まで迫《せ》り上がってくる。

「……くそ」

どうして、どうして、どうして。

たくさんの疑問が頭の奥で渦巻いている。

考えがまとまらないうちに、アレクサンドルはアジトへ向かっていた。

夜と昼の区別すら見失う地下のカタコンベでは、仲間たちが忙《せわ》しく立ち働いていた。

こんなに熱意を持って、国を守ろうとしている自分たちを見てもなお、イリヤは無鉄砲な若造だというのだろうか。

悔しかった。

自分をこんな風に掻き乱すイリヤを、もっと、もっと、苦しめてやりたい。

――そうだ。

時期を見計らって、イリヤをここに連れてこよう。

アーリア人以外は家畜以下で生きる価値もないと考えている連中は、明日を求めて足掻《あが》く自分たちを目にして、何を思うのか。

命を懸けてカタコンベに潜む連中を目の当たりにすれば、いくらイリヤとて、ドイツ軍の所行がどれほど罪深いかわかるはずだ。

イリヤが憎くてたまらない。だからこそ、彼を手酷く傷つけられるなら、どんな方法でもいい。

あの天使の如き美貌に、己の罪の重さを突きつけてやりたかった。

8

「随分顔色が悪いね」

クラウスの第一声に、前もこんなやり取りがあったとイリヤは記憶を手繰《たぐ》る。

疲れきっており、思い出すのが億劫《おっくう》だった。

「大したことはありません」

「潜入捜査は君には荷が勝ちすぎるかな」

それならば最初から自分に振らなければいいのに、わかっていてこう嘯《うそぶ》くのだから本当に腹が立つ。

「首尾はどうだ？」

クラウスの問いに対して、イリヤは硬い面持ちで口を開いた。

暫く軍服を身につけていなかったせいか、こうしてたまに着替えると、何ともいえず懐かしく感じてしまう。

「それなりに信用はされているように思います」

「だが、やつらを一網打尽にするような情報には近づけない——と」

腕組みをしたクラウスの指摘に、イリヤは項垂れる。

「ＳＳ行動隊と野戦憲兵も苦戦しているようだ。なぜか、手入れの情報が漏れていてね」

イリヤの裏切りをクラウスは薄々感づいているだろうに、じわりと真綿で首を絞めるようにイリヤを締めつけてくる。罰されない理由が不明だが、泳がせておきたいだけなのかもしれない。

「責めているわけじゃない。それよりも、君が籠絡した男とはどうなっているのか、状況を報告してもらおうか」

「………」

思わず無言になりかけてから、イリヤはしまったと内心で臍《ほぞ》を噛んだ。

「最悪な気分です」

「君らしい答えだ。だが、どうして？」

クラウスが微笑を浮かべる。

「恥ずべき手段だからです」

イリヤが吐き捨てると、クラウスはまったく理解できないという表情になった。

「そうかな？　面倒な手順を省いていてくれて有り難いじゃないか。相手が君は肉体関係を結ぶに足る存在だと思ってくれたことに、感謝しなくてはならないだろう」

「あなただってそうでしょう？」

「君が私をその気にさせてくれるからだよ。さあ、報告をしてごらん」

「報告の義務はありますか？」

「あるとも。膚を重ねるごとに情が増していくものだからね」

絶対に自分自身の趣味で聞いているくせに、クラウスは意地が悪い。

「昨晩、幹部の一人が家に来たので、そこで……しました」

「何を？」

「……行為を」

アレクサンドルに犯されたのは、最初の夜だけではなかった、彼は昨日もイリヤを乱暴に抱いた。なぜ男の自分を抱けるのかと、当初はイリヤにはまるで理解できなかったが、そこまで強い怒りの発露なのだと思えば納得がいった。

それほどの仕打ちを、自分はしたのだ。甘んじるほかなかった。

「その男が君に溺れたかどうかが問題だろう？　昨晩は何回射精させた？」

「二回、です」

「君は？」

「えっ？」

虚を衝かれて、イリヤはつい声を上擦らせてしまう。

「君はどうだった？」

「……しました」

「何を」

「――射精をしました」

躊躇いつつも頬を染めるイリヤを見つめ、クラウスは「なるほど」と微笑する。

「わざわざ感じさせてくれるとは、相手は君に何か特別な思い入れでもあるのかな」

「単なる自慰です」

破れかぶれになって即答するイリヤを、クラウスは物珍しげに眺める。

「色気の欠片《かけら》もない返答ばかりだが、まあ、いい。口淫は上手くなったのか？」

口淫をしろとの命令だと受け取ったイリヤがその場に跪くと、彼はブーツの爪先でイリヤの肩を押さえた。

「誰もそんなはしたない真似は命じていないよ」

「ですが」

「それでもしたいというのなら、させてあげよう。許可を求めてごらん？」

「……咥えさせてください」

「そんなつまらない物言いでは、相手は萎えてしまう」

「しゃぶらせてください」

退屈そうにクラウスが視線を背けたので、イリヤは屈辱を覚えつつ、なるべく卑猥なことを口にしようと思案する。

「あなたのペニスをしゃぶりたいです。精液を……飲ませてください」

「たどたどしいが、君ならばそんなものか」

クラウスはイリヤの肩から漸く足を離し、頷いた。

「君がどれだけ惨めな淫売になったか確かめてあげよう」

「私は……淫売ではありません」

「仲間たちが最前線で戦っているのに？　君は自分の命を惜しんで、快楽で己の命を存《ながら》えさせている。それが男娼のやり口ではないのなら、何と言うのかを聞きたいね」

「………」

かっと頬を染め、イリヤは俯きながらも捧げ持ったクラウスの性器に顔を寄せ、亀頭にくちづけた。クラウスに対する怒りはあるのに、自分を征服してくれるはずの逞しいペニスを前にすると、もうだめだった。

「ん、ん……ッ」

「このあいだの続きを教えてあげよう。口を窄《すぼ》めて吸いながら、根元まで呑み込んでみなさい。――そうだ。随分可愛い顔をするようになった」

そういうものなのだろうか。犯される側であるイリヤには理解し得ないけれど、唾液が零れると不自然に軍服を汚してしまいそうで、なるべくすべてを啜るように心がけつつ口淫を続けた。

「顔を前後に動かしてごらん。清潔な顔ではしたなく雄を誘うのは、君の特技だろう？」

的確かどうかは不明だが、とりあえずは指示が下され、イリヤはそれに渋々倣う。

早くこの屈辱的な時間が終わるといい。

「目を閉じなさい」

「？」

咄嗟に従ったイリヤの顔に、熱いものが浴びせられる。精液だと気づいたイリヤは呆然《ぼうぜん》としたが、男の射精の量がわからないので暫し瞼《まぶた》を下ろし、待つほかなかった。

ふ、とクラウスが、どこか艶めいた息を零した。

「ひどい……」

「どこが？」

「零さないように、舐めていたのに」

クラウスはイリヤの顔に零れた精液を手指で拭い、唇に潜り込ませてくる。舌を絡めてそれをじっくり味わい、唾液の糸を引きながらイリヤは顔を離した。

「そうだね。私が酷い男なのは君もよく知っているだろう？　ほら」

更に汚れた性器を押しつけられ、イリヤは眉を顰めながらそれにくちづける。

「啜って、ちゃんと掃除なさい。君のために出してあげたのだからね」

「ん、ふ……くう……」

「そんなに物欲しげに腰を振るものではないよ。飲み込みがよすぎるのも考えものだ」

媚《こ》びるように腰をくねらせながら始末をしているうちに、自身も昂っていく。

「……んちゅ……ん……」

ただの犬になれば、自分は何もかも忘れられる。ドミートリィのことも、ヴェローニカのことも。国の両親のことも。アレクサンドルのことも……。

彼らよりも、クラウスの注いでくれる愉楽はよほど甘い。まるで麻薬のように、イリヤの心身を蕩かしてしまう。

その証《あかし》に、躰の芯は、既に火が点《つ》いたように熱い。こうなると、理性は欲望の奴隷と化し、己の肉体は後戻りできなくなってしまうのだ。

「どうする?」

「……挿れて」

「ちゃんとおねだりできて、いい子だね」

耳許に唇が掠め、微細な感覚でさえもぞくりと背筋を粟立《あわだ》たせる。

「誘ってごらん」

立ち上がったイリヤはデスクに手を突くと、軍服のズボンを下ろしてクラウスに尻を差し出した。

「合格だ」

白い腰を軽く掌で叩き、クラウスは「痣《あざ》ができているよ」と囁いた。

「その彼は、よほど君に執心しているようだ」

そんなわけがないと反論する前にペニスの尖端がそこに押しつけられ、容赦なく入り込んでくる。息を詰めてはいけないと、イリヤは躰の力を抜いてクラウスを受け容れた。

「……う、く…ッ……はいる…熱い……」

背後から自分を侵略するペニスの熱さに、頭がくらくらしてくるようだ。

「ん…ん…クラウス、おっきい……」

逞しい雄蘂《ゆうずい》が自分の最奥を穿ち、こじ開けてくる。クラウスに蜜を注ぎ込まれるのに慣れた花襞は、ひくついて潤いを欲しがっているのだ。

「素直になれたご褒美だ。虐めてあげよう」

「あ、あっ！　だめ…」

快楽が何かも識《し》らなかった頃、クラウスはイリヤを愉悦で染め上げた。男根で深々と串《くし》刺《ざ》しにされて、この肉体が雄に容易く屈服するものなのだと教え込まれた。

行為の歪さを実感するよりも先に、自分は彼に飼い馴らされてしまった。誰とも違う異物として生きること。そこから生じる淋しさと孤独を埋める手段がこれしかないと、覚え

てしまったのだ。

「そうだね、声が出てしまうのはよくないな。抑えて」

「むり、だって……そん、な…ッ…」

堪えるために人差し指の背中を噛んだせいで、血が滲む。

こんなに気持ちいいのに、我慢しろなんて酷い。

躾《しつ》けられたせいで、自分はこれにどうあっても逆らえないのに。

アレクサンドルに対してはこんな風に振る舞えないけれど、クラウスは違う。自分のはしたない姿をどれほど見せても、彼ならば嫌ったりはしない。寧ろ淫らなイリヤに罰を科し、とことん責め苛《さいな》んでくれるのだ。彼の裁きこそが、今のイリヤに必要なものだった。

「昔はあんなに泣いて抵抗したくせにね？　確かあのときは、心外にも私が君を虐めていると受け取ったようだったな」

「あ、れは……」

あのときに自分は、征服されるべき存在としての本性を暴かれたのだ。

クラウスには逆らえない——絶対に。

「これが好きだろう？」

「すき……好き、です……クラウス……」

「可愛いよ」

微笑みを浮かべたクラウスが覆い被さるように唇を塞いできたので、イリヤは夢中になって舌を絡めた。

「ん、んー……ッ」

敏感な内壁をペニスで縦横に抉られ、相手の雄としての絶対的な優位性を嫌というほど教え込まれる。酸欠寸前の頭にも躰にも、悦楽だけが注ぎ込まれてクラウスで染め上げられる。そうして、自分がクラウスの人形でしかないのだと自覚するのだ。

ううん、そのほうがいい。

何も考えられないほうが。

「いい、すごく……いいっ」

たまらずに短く声を漏らしながら、イリヤはねだるように男のそれに自分の尻を押しつけた。肉と肉がぶつかる卑猥な音を立ててクラウスがイリヤを征圧し、壊そうとする。

「……そこ、もっと、突いて…ッ…」

喘ぎながら求めるイリヤの唇に何度もキスを与え、クラウスは焦らすように巧みに腰を回す。首にくちづけられ、付け根を軽く噛まれると全身が痺れるようだ。

「出して……あなたで、奥までいっぱいにして……」

誘うように訴えた途端に腰を摑まれ、きつく引き下ろされる。

熱い。

クラウスにまたしても穢されるのだと、イリヤは自虐的な悦びに陶然とした。

「いいだろう」

ひたと押し当てられた性器の尖端から、まるで狙うように腸に飛沫《しぶき》を撒《ま》き散らされる。

同時に刺激が奔流のように下腹部から脳にかけて込み上げ、イリヤもまた達していた。

「ー……ッ」

はあはあと荒く息をつきながら、イリヤはクラウスを更に誘い込もうと腰をくねらせた。

「君が雌だったら孕んでいるだろうな。まったく、最後まで貪欲《どんよく》だ」

「もっと……」

抜いてほしくない。脳髄まで掻き混ぜて、全部忘れさせてほしい。名残惜しさにイリヤは下腹に力を込めたが、クラウスは意地悪だった。

強引に抜かれてしまった途端に、開ききった秘所からどろりと精液が溢れかけた。

折角出してもらったのに、零してしまうわけにはいかないと力を込める。

「おねだりは魅力的だが、私はこれから会議がある。また今度にしよう」

「待って」

イリヤは無理に彼を引き留め、床に腰を下ろしてクラウスの下肢に顔を埋める。

「なら、綺麗に…んむ……ん、ん……ふ……」

「勉強熱心だな」

緩やかに髪を撫でられ、それだけでイリヤは軽く達してしまう。口いっぱいに頬張ったペニスが愛おしくて、執拗にまとわりつく精液を舐め取る。零れた唾液で顎までべとべとになっても、まるで気にならなかった。

「美味しい……」

こんなところを、ドミートリィに暴かれなくてよかった。

ドミートリィは自分の正体を知ったら、きっと落胆しただろう。

ならば、アレクサンドルは？

滑稽だった。

あれほど焦がれていたアレクサンドルとの行為は、まるで氷とでも抱き合っているようなのに、クラウスと寝るときは躰が燃えたぎるように熱くなるのだ。

「そろそろこいつも片づけないとな……」

呟いたアレクサンドルは、部屋の片隅に積み上げておいた木箱を見下ろす。

ドミートリィの勤務していた病院から返却された彼の私物だ。

荷物を開ける暇もなかったのだが、ドミートリィの白衣やら何やらが納められている。

カルテを書くのに使っていたペンや、彼の手帳などまで入っている。それなりに敬意を持ってドミートリィを扱ってくれていたのだろう。

彼が愛用していた手帳を手に取ってページを捲ると、ひらりと何かが落ちてくる。

「……イリヤ」

少女めいたイリヤが庭園の噴水のそばではにかんだように笑う、古い写真だった。

想像はついていたが、ドミートリィのイリヤに対する思い入れは相当なものだったようだ。

「俺を笑えないじゃないか……」

今更文句を言ったところで、無駄な話だった。

写真の中のイリヤは、真っ向からレンズを見つめて微笑んでいる。

その真っ直ぐすぎる視線が、今のアレクサンドルには眩しかった。

腹立たしいのは、行為の最中でもイリヤはいつも苦しげな点だ。射精さえも不本意だとでも言いたげで、抱くほどに憎らしさが募った。

ならば、あのにやけた大佐とやらには、どんな顔を見せているのだろう。どんな顔で抱かれて、どんな声で喘ぐのか。

そう考えるだけで、怒りから躰が熱くなってくるのが我ながら情けない。

未熟すぎる自分が忌々しかった。

出会いがあんなかたちでなければ、自分はイリヤをどうしていただろう。もっと慈しむように触れていただろうか。

優しく抱いたら、甘い声を出すだろうか。

アレクサンドルが愛撫すれば、それにも答えるだろうか。

——馬鹿馬鹿しい。

滾る脳髄を覚ますべく、アレクサンドルはアパートから滑り出た。

鍵を閉めて階段を下り、夜の街に踏み出す。希《まれ》にドイツ兵に尋問を受けることもあったが、怪しい動きを見せなければ問題はない。

自然とアレクサンドルの足は、イリヤの住むアパートへ向かっていた。そちらの地区までは、徒歩で十五分ほどだ。川沿いの道を進むと、小さな公園が目についた。

「？」

粗末なベンチに悄然《しょうぜん》と腰を下ろし、やけに軽装のイリヤがいた。

外套も身につけておらず、暗い顔で俯いている。

待ち合わせだろうか？

あの大佐とやらと会うのかもしれないと考え、アレクサンドルは手近な茂みの陰に隠れる。だが、待てど暮らせど誰も現れず、次第に躰が冷えてきた。

自分はコートを着ているが、イリヤは厚地の上着一枚だ。あれでは不審者としてドイツ兵に捕まりかねない。

勿論、ドイツ兵の彼が捕縛されても何も起きないが、その場面を地上の仲間たちに見つかると面倒だ。

イリヤが失策を犯せば、それはまたアレクサンドル自身の命にかかわるからだ。

舌打ちして立ち上がったアレクサンドルは、大股でイリヤに近づいていった。

月明かりの下、イリヤはまるで彫像のように美しい。

「……おい」

声をかけると、イリヤはのろのろと視線を上げる。

「アレクサンドル」

「何やってるんだよ。風邪を引くだろ」

「散歩だ」

「散歩って、ずっと座ってるだけだろうが」

アレクサンドルがイリヤの頬に触れると、想像以上に冷たかった。

いくらオデッサの冬が他の地域よりは温暖とはいえ、これでは躰を壊してしまう。

「用事がないなら帰るぞ」

「えっ」

このまま放っておいても彼はここに留まる気がしたので、アレクサンドルはイリヤを強引に立たせると、彼のアパートへ向かった。

妙な場面をアレクサンドルに見られてしまったと、イリヤは凍えきってぼやけた頭で反省していた。

「何であんなところにいたんだよ」

鋭い視線から逃れるように窓辺に立ち、イリヤは「散歩だ」と繰り返した。ほかに言い訳が思いつかなかった。

本当は違った。

疲れ果てて帰宅してから、思い出の銀のメダルがないと気づき、探しに出かけたのだ。

宝物をなくしてしまうなんて、自分の愚かさを悔いるばかりだ。

ここに来てからは、持ち歩かないときは小さなトレイに置いていたのに、いったいどこに。

近頃は疲れてぼんやりすることが多く、いつ失ったのかわからないのも失敗だった。

もしかしたらアパートの外にでも落ちているかもしれないと、部屋を出た。

都市特有の喧噪《けんそう》の中に身を置き、怪しまれない程度に地面を見ながら歩いてみたものの、それらしいものは何も発見できなかった。

外出してまで未練がましくメダルを探していたと知られたくなくて、イリヤはアレクサンドルの質問を突っぱねる。

「べつに、君には関係ない」

「少しは心配してやってるんだよ。あんたは大事な情報提供者だ」

「大事にされた覚えはない」

「揚げ足を取るのもどうかと思うけどな」

詰め寄ったアレクサンドルはイリヤの首を凝視する。怪訝《けげん》に感じてイリヤがそこに手をやると、彼は皮肉げに口許を歪めた。

「すごい度胸だな。いくらドイツ軍がここを支配してるからって、俺たちの味方の振りをして、あの大佐やらと寝てるのか」

クラウスが残した痕がどこかにあるのかと、イリヤは思わずシャツの襟を引っ張った。だが、大した助けにはならず、彼の目からすべてを隠し果《おお》せなかったようだ。

「答えろよ」

軽蔑を多分に含んだ声が、イリヤの胸を切り裂くようだ。

「それも、君には関係ないだろう」

「下等な人種に自分の躰を好きにされてるってのに、余裕があるんだな」

アレクサンドルはイリヤの肩を摑むと、窓に向かっていきなり押しつけた。

「氷みたいじゃないか」

呟いたアレクサンドルに、そのままズボンを乱暴に膝のあたりまで下ろされる。

顔をガラスに密着させられ、外気と同質の冷たさにぞくっとした。

急いでカーテンを閉めようと試みたが、伸ばした手を摑まれて阻まれてしまう。さして明るくないとはいえ、一間になった食堂の灯火が点いているのだ。何が起きているのか、外からは一目瞭然だろう。

「嫌だ」

通りを挟んだ向かい側のアパートの窓で、何かがきらりと光った。もしかしたら、クラウスの見張りでもいるのだろうか。

怖い。

連中がそこまで暇だとは思えないが、監視されているのではないかという不安が込み上げてくる。何か摑んでいる節のあるクラウスに、アレクサンドルの存在を気づかれたくはない。

「もう気が済んだだろう」

「いつも嫌がるんだな。たまには可愛く誘ってくれてもいいだろ」

「そんな義理はない」

「そう言うと思ったよ」

皮肉げに吐き捨てたイリヤの背後に立ち、アレクサンドルが尻に手を添えたので、思わず「待って」と声を上げた。

「どうして」

向かいにクラウスの部下がいるかもしれないと白状すれば、アレクサンドルは、見せつけるとでも言いかねない。理由を口にしないまま、イリヤは哀願した。

「口で、するから……だから……」

アレクサンドルの姿を他人に見られないように、窓から遠ざけなくてはいけない。

自分を辱めた彼に対する怒りも憎しみもあったはずなのに、顔を見てしまうと、それだけではいられない。彼を守らなくてはいけないとの使命感が強くなり、負の感情を押し流してしまうのだ。

「……何だよ」

彼が舌打ちするのがわかり、イリヤは恥じ入りたくもなった。

「本当に、ナチの娼婦になったんだな……そんなことまでしたがるなんてさ」

「じゃあ……あっ！　やだ、やめろ！」

イリヤの要望とは真逆にそのまま性器を押し込まれかけたので、急いでそれを拒もうと尻に力を込める。

「拒む権利なんてないだろ」

相当立腹したらしく、アレクサンドルは強引に腰を進めてきた。

「ッ」

昼間にクラウスに犯されたばかりのところを、今度はアレクサンドルに凌辱されるのだ。

また、自分はアレクサンドルの純粋な心を穢してしまう。

嫌で嫌でたまらなかったけれど、怪我をするわけにもいかず、イリヤは仕方なく力を抜く。

「簡単に入るじゃないか」

深部まで貫かれる感覚にじわりと涙が滲んできて、イリヤはガラスに爪を立てた。

密着した二人分の熱気で、ガラスが曇る。

仮にあそこにクラウスの配下がいるならば、少しはアレクサンドルを籠絡する場面を見せなくてはいけないのか。

わからない。何が最適なのか。どうすればいいのか。

混乱の中でも何とか昂りを堪えようとしているのに、不安が強いせいか、理性のたがが外れてしまいそうだ。

「ん、ん……や、やだ…だめ……」

「旨そうに咥えてるくせに？」

声を弾ませて、アレクサンドルが尋ねる。ずぶりと深く突き込まれた瞬間に過敏な箇所を抉られ、イリヤは背中を撓《しな》らせた。

「アッ」

「ここが感じるのかよ」

目敏《めざと》く察したアレクサンドルは、皮肉な笑いを零して花園の一画を激しく突き上げる。

「だめ、そこ…しないで、やだ……」

知られてしまった。自分の秘密を。

「すごいな、中……」

「うう、や…いやっ……やめて……やめて、サーシャ……」

一際弱い部分を狙い澄ましたアレクサンドルに、そこを重点的に何度も穿たれる。内臓が迫《せ》り上がりそうな勢いに舌を噛みそうになり、苦痛と快感に涙で視界がぼやけた。

飢えた獣のような激しさで征服され、惑乱するイリヤの花茎からは先走りの蜜が滴った。

「ひ、ん……ん、んあっ……やだ……」

だめなのに。

このままじゃ軽蔑されるだけなのに、愉楽が加速度的に膨れ上がっていく。

そうでなくとも、アレクサンドルは自分にとって特別なのだ。そんな相手に欲望を叩きつけられ、イリヤの理性はすっかり溶かされていた。

こんなに激しく求められてしまえば、頭がおかしくなってしまう。

「やだ…やめて…」

「わからないって」

ドイツ語で喘いでいたことを指摘され、イリヤは逃げ場がなくなってとうとう卑猥に腰をくねらせ始める。

「お願い……もう…ッ…」

アレクサンドルのためにも、さっさと終わらせなくてはいけない。

「早く、だして」

アレクサンドルを自分の最奥に導き、精いっぱいはしたなく締めつけた。こうなったらすぐにでも射精させて、終了させるほかないからだ。

それとも自分は最早、これに夢中になっているのだろうか?

我ながらよくわからず、イリヤは喘ぎながらアレクサンドルに射精を請うた。

種付けのあと、支えを失って床に崩れ落ちたイリヤは全身を上気させている。

——何なんだよ、これ……。

途中からイリヤにまるで人が変わったように求められ、アレクサンドルは常になく自分が昂揚するのをまざまざと実感していた。

挿れても、出しても、ちっとも満足できない。もっともっと欲しくて、征服したくて。

これが自分と彼の、それぞれの本性なのか。

「咥えろよ」

事後の汚れたペニスを差し出すと、イリヤは目前に跪き、舌を伸ばしてアレクサンドルの性器にむしゃぶりついてきた。

「んむぅ……ん、ん、んちゅ……」

倒錯した快楽に、たまらなくなってアレクサンドルは呻く。

「くそ……」

事実、イリヤは上手いとは言えなかったけれど、美しい唇にどこかグロテスクなペニスが呑み込まれている様は、ますますひどくアレクサンドルを昂奮させた。

イリヤの舌がちろちろと蠢《うごめ》き、穴を舌先で抉るように動く。先ほどの冷えた躰とは打って変わって、イリヤの口腔は熱くてやわらかい。掌で根元をさすられ、ふくろを揉まれると、下手だがその娼婦めいた手管に、あの尊大だが端整な大佐の姿が重なった。

「ん、ふ…ッ……」

色香すら漂う絢爛《けんらん》たる美貌を唾液まみれにしながら、小さな頭を振って男への奉仕に没頭するイリヤの姿に、アレクサンドルの欲望は否応なしに加速した。

ナチがどうのという怒りは、既に単なる大義名分にすり替わり、アレクサンドルはイリヤの淫蕩な躰に溺れていた。

有無を言わさずに性器を引き抜き、彼の顔に精液をぶちまける。イリヤは放心したように肩で息をしていたが、その尻からはアレクサンドルが放った精液が零れている。それに劣情を煽られ、今度は汗みずくになった彼の躰を床に押し倒して、強引に前から結合した。蕩《とろ》けきった彼の粘膜は、すぐにアレクサンドルを受け容れて旨そうに呑み込んだ。

「ひ……ん、ん……や、やだ…ああ、あっ…だめ……」

言葉では嗚咽交じりに拒んでいるくせに、イリヤの右手はアレクサンドルの二の腕にきつく縋りつき、あたかも先をねだっているかのようだ。

高貴な容貌の下にイリヤが隠し持っていた本質は、アレクサンドルを昂奮させるには十分だった。

「いいって言えよ、この淫乱」

詰られたせいでつらそうに啜り泣くイリヤが、ひどくか弱く見えた。

そんなしおらしいところを見せられたからといって、手を緩めるものか。

イリヤはどこが弱いのか、アレクサンドルにもとっくにわかっていた。そこを突いてやるとあからさまに声が艶めき、とろりと蜜が溢れるからだ。

こうしてペニスを深々と咥え込んだイリヤの蜜壺はうねるように収縮し、男に快楽を与える術を熟知しているようだった。そのうえ、離れ難い様子で、内壁全体がアレクサンドルに絡みつき、抜こうとすれば未練がましく引き留めてかかる。

たまらない。

男の肉体がこんなに快《い》いとは、思ってもみなかった。

「……ん、ん、あっ、そこ……そこ、…イイ…」

ぞくっとする。

すっかり自分に服従したイリヤに煽られ、アレクサンドルは無心に抽挿を繰り返した。

熟れた肉に熱い体液を注げば注いだ分だけ、イリヤは自分のものになるかもしれない。

「いい、サーシャ……いい、いいっ」

そうだ。この美しくも淫らな人が、アレクサンドルだけのものになればいい。

それはいったいどういう感情から生まれてくるのか、わからない。

あの男から、寝取ってやりたい。一晩中どころか二晩も三晩も犯し続けて、抱き潰して、自分だけのものにしてやる。

何度となく精を解き放ち、アレクサンドルは息を吐き出す。イリヤも達したらしく、彼の下腹部には薄い色味の液体が飛び散っている。

「もう、無理……」

嗄《か》れた声でイリヤは訴えたが、アレクサンドルは聞く耳を持たなかった。

「まだだ」

この程度で、自分の情念は枯れ果てたりしない。空っぽになるまで出し尽くしてやる。

イリヤが抵抗しなくなったのをいいことに無心で彼を犯し、精液にまみれたペニスをその熱い口腔に何度も突っ込んだ。

半ば放心しながら躰を離したときには、イリヤは気を失ってしまっていた。

「イリヤ？」

軽く頬を叩いてみたが、すっかり血の気をなくしたイリヤの顔はまるで蠟《ろう》人形か何かのようで、唇がわずかに戦慄いただけだった。

腹や尻は二人分の精液でどろどろに汚れており、アレクサンドル自身の欲望の凄まじさを表現しているようで恥じ入ってしまう。

さすがに放置はできないので、寝室のベッドまで連れていって彼を寝かせてやる。躰も拭いてやろうと思ったが、腸《はらわた》までアレクサンドルの精液を浴びているのだから、小手先の後始末では意味がなさそうだ。

夕食時だというのにイリヤは何も用意していなかったらしく、アレクサンドルはありものの素材で何か作ってやろうと考えた。

「何だこりゃ……」

イリヤの家の台所は殆ど使われた形跡がない。床に缶詰がいくつか積まれているが、あとはバスケットに入った固い黒パンだけだ。ウクライナの家庭では、キッチンにはサロがあって然《しか》るべきなのに、ここにはそんなものすら見当たらない。

皿と鍋は戸棚にしまい込まれていて、使用されたのはやかんとカップくらいだろう。この家はイリヤにとって仮住まいなのだろうが、それ以上に、彼の自分自身の生に対する無頓着さを知らしめられた気分だった。

同情なんてしてやるつもりはないが、少しくらいは労ってやってもいいのかもしれない。

アレクサンドルは缶詰の一つを手に取って、中身を鍋に移す。棚に調味料があったので、豆だけの簡単なスープくらいはできそうだった。

「起きろよ」

寝室に戻って軽く頬を抓《つね》ってみても、イリヤは目を覚まさなかった。

「何してるんだよ。本当に」

イリヤは敵だとわかっているのに、触れるほどに迷いが生じるようだ。

ドミートリィを殺したのが誰か確かめたいのに、その瞬間を引き延ばしている。

もし、イリヤが直接兄に手をかけたと言えば、彼に復讐しなくてはいけない。けれども、今のイリヤの態度からは、彼がそんな真似をするようには見えないのだ。

早くけりをつけなければ、自分のパルチザン活動にも支障を来《きた》してしまう。このままイリヤに囚《とら》われてしまうのは、アレクサンドルにとってマイナスでしかなかった。

9

「しっかりしろ！　おい、目を開けろ！」

カタコンベの救護室は慌ただしく、アレクサンドルは包帯で止血をしながら仲間に声をかける。血の気を失った顔はまるでいつかのドミートリィの死に顔のようで、不吉な予感が胸の奥を浸した。

「サーシャ、止血が終わったらこっちもお願い」

「わかった」

小競り合いだったが、ドイツ軍のトラックを爆破し、相手にダメージは与えられたようだ。しかし、こうして怪我人を出してしまったのは失策だった。それでも死人が出なかったのはまだましで、何とかここまで運び込んだ。

半ば血まみれになりながら治療を手伝い、アレクサンドルは息をついた。

「休憩してきていいわよ」

「そうするよ」

薄いコーヒーを飲んでいると、暗がりからつかつかとタラスが近づいてきた。

「お疲れ様」

「おう」

「改まって話があるんだって？」

タラスがどことなく疲れた声で話しかけてきたので、アレクサンドルは戸惑い、そして頷いた。

「あ……うん」

そういえばタラスと話をするつもりだったのに、突然の襲撃のせいで、それすらも忘れてしまっていた。

「連れてきたいやつがいるんだ」

「また新しいメンバーかい？　君の見立てなら誰でも歓迎だよ」

緊張を隠して切り出すと、タラスはまるで気にしていない様子だった。

「いや。わざわざ取材に来たっていうロシアのジャーナリストだ。ステパーンが見つけてきたとかで、俺が面接した」

「珍しいな……身許は確かなのか？」

「ああ、それは間違いない。このあいだのマルクト通りのガサ入れの件も、そいつが調べてきてくれたおかげでわかったようなものでさ。勿論、疑い始めればきりはないから、あんたに見てもらうのも歓迎だけど」

「さすがにその時間はないよ。君の判断なら、それに従おう」

あまりにもあっさりと言われたので、アレクサンドルは面食らった。

「もう少し、慎重に振る舞うべきじゃないか？」

「——そのほうがいいかもしれないけど……でも、今は戦況を動かすのも大切だ」

「仲間も随分減ったもんな……」

タラスの表情が暗く沈んだので、アレクサンドルは引き摺られるように声のトーンを落とした。

「だからこそ、だ。わざわざ取材の人が来てくれるなら、悪いことばかりじゃない」

タラスを騙《だま》している罪悪感に、アレクサンドルは俯いた。

「どうした？　浮かない顔だ」

「いや……本当にいいのかなと思ってさ」

つい本音を発したアレクサンドルを前に、タラスは口を開いた。

「巻き込みたくないんだね」

「えっ⁉」

唐突にそんなことを言われて、驚いたアレクサンドルは上擦った声を出してしまう。

「だから、そのジャーナリストを。もしかしたら、連れてきたくないんじゃないか？」

「――わからない」

「わからない？　らしくもない、曖昧な言葉だ」

「本当にわからないんだ……」

アレクサンドルは苦笑し、ごつごつとした岩壁に寄りかかった。腕組みをすると、タラスが先を促すように視線を向けてくる。

「実は、あいつは昔馴染みで、ミーチャとも友達だった。戦争のせいでお互いにだいぶ変わって、わだかまりもある。なのに、昔のよかった思い出は消せなくて、どうすればいいかわからない。それが不甲斐ない」

「それでいいじゃないか」

何でもないように、タラスはさらりと言った。

「いいって、そんな単純な……」

唖然《あぜん》とするアレクサンドルだったが、タラスは気にしていない調子で続ける。

「だって、どんなに変わったとしても、大切な友達なんだろう？」

「今は、そんな甘いことを言っていられないよ」

「戦争くらいじゃ、本当に大事なものは変わらないよ」

「――そうだな」

どうしたいのか、決められるのはアレクサンドル自身だ。

己の気持ちに素直に向き合ったとしても、かつて抱いていた親愛と、それと同等の憎悪が火を噴きそうになる。

地獄に墜とすのも、一緒に墜ちるのも、同じ結末を迎えるのか。

「こんなところにいたのか」

野太い声が聞こえてきて、顔を上げるとボリスが立っていた。

「ああ、ごめん。何か約束していたっけ」

「資金提供の件だ」

ちらっとボリスはアレクサンドルを見やったものの、あからさまに無視を決め込む。

「それなら、俺も関係あるな」

「おまえには関係ない」

「な……」

感情を逆撫でされたのは、ボリスの口調があまりにも居丈高だったからだ。

「ボリス、そういう態度はよくないだろう。これまでサーシャが頑張ってくれたんだ」

「はいはい。だけど、そろそろお役御免だろ」

「だから、よしたほうがいい」

タラスは窘めるように言うと、アレクサンドルに「じゃあ、また」と告げる。

これから先の話を聞かれたくないようで、釈然としないままにアレクサンドルは頷いた。

「何だよ、サーシャ。今日は綺麗どころを連れてるな」

夕闇に覆われた街を歩いていると、ぴゅうっと下手くそな口笛を吹いた青年に声をかけられ、アレクサンドルは渋面を作った。

「からかうなよ。ただの知り合いだ」

もう一度口笛が飛ぶ。

そこからアレクサンドルは角を何度も曲がったので、イリヤはだんだん自分がどこにいるのか自信がなくなっていた。

彼は朽ちかけたアパートの入り口から中に入ると、廊下を抜けて中庭に向かう。

勝手に踏み入って怒られやしないかと思ったが、彼の態度は堂々としたものだった。

中庭には物置があり、彼はそこでいきなり上着を脱ぎ始めた。

「ちょっと……」

「勘違いするなよ。こんなところであんたを抱くつもりはない。長く地下にいると服に臭いがつくんだ。地下にいるのは仲間だけだからな」

「あ……」

ドミートリィがパルチザンだとクラウスに知れた経緯を思い出し、イリヤは複雑な気分で頷いた。

用意がいいことに、アレクサンドルは服を二着持っていた。イリヤに上着とズボンを貸してくれたので、それを身につける。納屋に掛けてあった外套も手渡されて、イリヤは首を傾げた。

「これは？」

「中はいつも寒いんだ。着ていないと風邪を引く」

「ありがとう」

イリヤが礼を述べると、アレクサンドルは鼻白んだように眉を顰めた。

「臭いを嗅いでから礼を言えよ」

「……酷い臭いだ」

受け取ったイリヤは臭いを嗅いで顔をしかめる。

それを目にしたアレクサンドルは小さく噴き出してから、困ったように顔を背けた。

普段、イリヤと話すときはあれほど敵意と怒りを剝き出しにするくせに、今のアレクサンドルは肩の力を抜いている。

「こっちだ」

納屋の片隅にある床の羽目板をどけると、それは簡単に持ち上がった。中はぽっかりと穴が開いている。

「階段になっている。わかるか？」

「……うん」

試しに一段下りてみると、足許は言われたとおりにごつごつとした階段の感触だ。

一歩一歩、そろそろと下りる。まるで、黄泉《よみ》の国へ向かうようだ。

背後で何かが動いたと知覚した次の瞬間に、あたりが唐突に真っ暗になった。

「アレクサンドル？」

慌てて声を上げたものの、返事はない。

寒い。

そのうえじっとりとした妙な湿度を感じ、イリヤは何ともいえない気味の悪さに打ち震えた。

「アレクサンドル……いないのか？　サーシャ！」

そのせいで、昔の呼び方が唇を衝いてくる。

不意に、背中からぎゅっと誰かが抱き締めてきた。

「！」

「馬鹿、何を驚いてるんだよ」

呆《あき》れたような声音だったが、懐かしいものを感じて、つい、力を抜いてしまう。

「君が急にいなくなるからだ」

ぬくもりが離れ、ぼうっと明るいものが生じる。ランタンに灯《ひ》を点したようだった。

「――昔を思い出した」

「昔って？」

「ほら、ホテルの裏の屋敷を探検していて、地下室に落ちただろう」

「……ああ」

アレクサンドルがどことなく複雑な声で相槌を打ったので、彼にとっては思い返したくないのかもしれないとイリヤは口を噤んだ。

「ひどい湿気だな」

「ここの湿度は百パーセントだ。うっかり服を濡らすと絶対に乾かないから、気をつけろよ」

「わかった」

彼らが劣悪な環境に身を置いているのは知っていたが、これほどとは思ってもみなかった。

「こっちだ。迷うなよ」

イリヤは眉間に皺《しわ》を刻みながら、懸命にアレクサンドルの背中を追う。

「待て、少し速い」

そこでアレクサンドルはぴたりと足を止めた。

「言っておくけど、アジトではあんたのほうが立場は下だ。今みたいな口の利き方はやめろよ」

「わかっているよ」

ランタンの光に照らし出されるアレクサンドルの顔は陰翳《いんえい》が濃く、複雑な感情を抱いているのが伝わってきた。

どうして彼がアジトに連れていってくれる気になったかは判然としないが、イリヤにとっては僥倖だった。

この目でパルチザンの潜伏先を見られるのは、かなり昂揚する。

諦めかけた自分の願いを思い出し、イリヤは外套の胸のあたりをぎゅっと摑んだ。

目標は、この醜悪な戦争を終わらせること――どんなかたちであっても。

だめだ。あまりにも虫がよすぎるじゃないか。

彼らに勝ってほしいと望むのは。

それに、そうすることで自分はアレクサンドルの命を危険に晒してしまうはずだ。

たあん、という特有の音が耳に届いてイリヤは足を止めた。

「銃声か？」

「ああ、射撃場が近いんだ」

「地上の？」

「いくら何でも地上の音がこんなに聞こえるわけがないだろう。どれだけ地下深いと思ってるんだ」

「そんなものまであるのか⁉」

驚愕に声を上擦らせてしまうと、アレクサンドルが小さく笑う気配がした。

「なくてどうするんだ。俺たちは兵士だ。これだけ岩盤が厚ければ、どんな音も壁と床に吸い込まれていく」

そもそも街の地盤自体が剔《く》り抜かれても平気なのだから、相当頑丈なのだろう。

「このあたりは一階だけど、もう少し行くと二階になっている。一階を掘ってから、更に下を掘り進めたんだ」

「どうして？」

「さあな。石切職人にでも聞いてくれよ」

彼はからかうような口ぶりで言った。

「折角だから、案内してやるよ」

「うん！」

イリヤが弾んだ声を上げると、アレクサンドルが咳払《せきばら》いをする気配が伝わってきた。

――そうだ。

二人で出かけたからといって、これは楽しい外出でも何でもない。少なくとも自分はアレクサンドルにとって憎悪すべき相手で、パルチザンにも身分を知られれば、八つ裂きにされてもおかしくはないのだ。

少しは自重しなくてはいけないのに、どうして自分は浮かれているのか。我ながら解せなかった。

連れていかれた先には、様々な施設があった。

野戦病院、司令部、寮。

イリヤからしてみれば、こんな真っ暗な地下空間でモグラのように暮らすのは御免被りたかったが、逆にいえば、そこまで彼らを追い詰めたのはイリヤたちなのだ。

そう考えると何も言えなくなってしまう。

「サーシャ、その美人はどなた？」

声をかけてきたのは赤毛の女性で、アレクサンドルは挨拶もせずにイリヤを紹介した。

「こいつはイリヤ。ジャーナリストだ」

「ジャーナリスト？」

「雑誌でドイツ軍の蛮行を告発してくれるそうだ」

「すごいわ！　私はレオノーラ。よろしくね」

薄暗い地下の空間で働いているせいか、彼女は色が白くどこかひ弱な印象だ。それでも目を煌《きら》めかせ、イリヤの訪問を歓迎しているかのようだった。

「何でも聞いて。私、ここでは結構長いのよ」

「ああ……ありがとう」

イリヤは礼を言うほかなかった。

今や女性が兵士になるのも珍しくはないが、こんな劣悪な環境にいては病気になりかねない。

健康を引き替えにしてでも、彼らはドイツ軍をこの国から追い出したいのだ。

あたりまえだ。

それくらいわかっているのに、どうしてか、喉のあたりが痛くなってきた。

「イリヤ、こっちに来いよ。台所がある」

「台所？」

「そろそろ何か飲んだほうがいい」

気遣うような声にはっとしてイリヤが視線を向けると、アレクサンドルがこちらを見つめている。

「え、あ……うん」

「あら、随分過保護じゃない？」

「慣れない地下だと、体調を崩すやつも多い。感覚が狂うからな」

「わかるわ、それ」

彼女は声を立てて笑った。案内されるままに、イリヤは台所と言われたところへ向かう。アジトの内部はランタンに照らされ、工夫が凝らされている。棚は地上から持ってきた木製のものもあれば、直に石灰岩を刳り抜いた部分もあった。それらを器用に組み合わせて、彼らは拠点を作り上げていた。

台所にランタンを置いてアレクサンドルが瓶を取り出したので、それを眺めながらイリヤは思わず棚を撫でる。それはまるで、これまでここで暮らしていた人々の生の営みのようで、イリヤにはかけがえのない何かに感じられた。

「ほら」

手渡されたアルマイトのカップには熱い湯が入っていて、一口飲むと躰が芯からあたたまるようだ。自分はだいぶ冷えていたのだと、そこで初めて気づかされた。

「めぼしい連中もいないみたいだし、そろそろ戻るぞ」

「でも、まだ殆ど何も見ていない」

イリヤは反論したものの、アレクサンドルは「だめだ」と言って許さなかった。

「もう一時間近く歩き回ってる。そのあたりでおかしくなるんだ」

「…………」

あまり逆らえば彼の心証を悪くしそうだったので、イリヤは仕方なく首肯した。

本当はもっと、ここのことを知りたい。アレクサンドルの日常を追体験してみたかった。

だが、自分にはそんな些細な幸せさえも味わう資格はない。

「ひゃっ！」

「何だよ、その声」

肩を落としたイリヤの髪に、アレクサンドルが唐突に触れてきたのだ。

「そういう冗談は、やめてくれないか」

イリヤが目を吊《つ》り上げて抗議を口にすると、彼は小さく笑って精悍な顔を近づけてくる。

「……？」

なぜキスをされたのかわからず、イリヤは戸惑いに目を見開く。そんなイリヤに腹を立てたのか、顎を摑んだアレクサンドルが大きく口を開かせると、今度は舌を潜り込ませてきた。

絡み合う長いキスは、クラウスのそれとも違っていて。

動くこともできず、イリヤはカップを持ったままなすがままにされていた。

10

パルチザンのアジトを訪れるのも、これで三回目だ。

クラウスからは髪に妙な臭いがつくと不満を述べられたが、潜入を果たしたことには満足しているらしい。イリヤが差し障りのない範囲でアジトの様子を報告すると、子供のように目を輝かせた。

そういうところでは、クラウスもアレクサンドルも大差ない。好奇心旺盛で、冒険が好きな子供のままだ。

だが、二人とも子供ほどには可愛げがないという厄介な共通点をも持ち合わせていた。

「ここの地下通路って全部合わせると五千キロあるらしいわよ」

射撃場をせっせと掃除していたレオノーラに誇らしげに自慢されて、メモを取っていたイリヤは目を瞠った。白い膚にそばかすが目立つ彼女は如何にも陽気で、生命力に満ち溢れている。こんな地下でもそうして振る舞えるのは、おそらく貴重な資質だろう。

「五千キロも？」

クラウスは三千キロと語っていたから、彼らの認識が曖昧であり、調査できないのは事実のようだった。

「そんな基本くらい知らないの？」

彼女の呆れたような口ぶりに、イリヤは頬を染める。

「ごめんごめん」

「勉強不足じゃないかしら？」

からかわれると、何だか、自分がここにいるのに馴染んでいるような錯覚を抱きそうだ。

少なくとも、軍隊にいるときよりはずっと気が晴れる。

ジャーナリストの肩書きをそれらしく見せるためにメモを取りながら話を聞いているが、複雑なロシア語を書き取るのは骨が折れた。

「全部書き取るなんて、とても熱心なのね」

イリヤの様子を見ながら、レオノーラは感心したように目を見開く。

「いい記事を書きたいんだ」

イリヤがはにかんだように笑むと、彼女はぽっと目許に朱を走らせた。

「この中で、方向感覚を失ったりしないのか？」

「覚えるまでは大変よ。いつもろうそくを使えるわけじゃないし」

「怖くない？」

「怖いわ。突然、真っ暗になるの。世界に自分一人しかいないのかもって気分になる」

　静かな声でレオノーラは言った。

「時々、おかしくなっちゃう人も出るわ。でも、そういう気持ちもわかるの」

「ここは地図もないんだろう?」

「ないけど、サーシャの頭の中にはだいたい叩き込まれてるって噂よ」

「ええ?　嘘だろう?」

　イリヤが目を瞠ると、彼女はころころと声を上げて笑った。

「彼、未来のリーダー候補なのよ。すごく頭いいんだから」

　必ずしも先が明るいわけではないのに、それでも懸命に彼らは戦っている。それは崇高な戦いであり、その健気《けなげ》さには心を打たれてしまう。

「今も会議中」

「今日はどんな会議を?」

　何気なく水を向けてみたが、彼女は「さあ」と首を捻《ひね》った。

「私もよくわからないんだけど、派閥的な問題よ」

「派閥?」

「そう。知ってるだろうけど、私たちパルチザンもいろいろな系統から生まれてるの。一枚岩じゃないっていうか……」

「うん」

ウクライナ自体がもともとの成り立ちが複雑なので、ソ連に与するのを嫌がる人々も一定層は存在している。ドイツ軍はそこにつけ込み、彼らの支持を取りつけてウクライナを侵略したが、結局は利用するだけして彼らを裏切った。そういう例もあるとおり、パルチザンも決して一枚岩で戦っているわけではない。ただ、ドイツを追い出したいという目的が同じなだけで、そこから先の展望はそれぞれに違っている。

「それで、派閥を変えないかっていうお誘いがあったみたい。活動資金もそれなりに供給してくれるみたいだし……そんなわけで、今後について話し合ってるのよ」

「資金はソ連から出ているんじゃないのか？」

「それじゃとても足りないわ。サーシャが外を走り回って資金を集めてるけど、最近ではそれも上手くいかないみたいで……」

気の置けない会話は久しぶりのもので、イリヤは妹を思い出して唇を綻ばせた。

ヴェローニカももう十九だ。

もしかしたら、こんな風に少し女性的な話し方をするようになっているのかもしれない。

ヴェローニカに会いたい。両親から愛情を注がれた記憶はなく、未練は皆無だったが、ヴェローニカは特別だ。

——兄様。

最後に面会できたとき、ほっそりとした手で、ヴェローニカは自分に触れた。

戦争のために食料の配給もままならない今のドイツで、ヴェローニカは元気にやっているだろうか。

――兄様、どうかこれ以上我慢しないで。私は、この世界が好き。だから怖くはないわ。でも兄様は……。

軍人なんて似合わない――か。

似合うなんて思ったことは、一度もない。

そもそも、人間が他人の命を自由にしていいはずがないのだ。命とはかけがえのないもの。小さな灯火《ともしび》は、消えてしまえば決して戻らないのだから。

と、そこで空気が動く気配がする。

足音とともに、アレクサンドルが戻ってきたところだった。彼は誰か見知らぬ男性を伴っている。背はアレクサンドルほど高くなかったが、中肉中背で、如何にも真面目そうな風貌だった。

「イリヤ、タラスを紹介するよ。俺たちの組織のリーダーだ」

イリヤに相対するときと違い、アレクサンドルの口調は落ち着いており、頼れる幹部の風情だった。

「タラスだ。よろしく、イリヤ」

口許に笑みを浮かべたタラスが右手を差し出したので、イリヤも急いで手を伸ばす。

「ジャーナリストだってね。君の話はサーシャから聞いたよ」

「何を言われているのか、少し怖いですね」

「言われて困るようなことでもあるのかい？」

「そうではないのですけど」

イリヤは肩を竦める。

「サーシャとは長く疎遠だったのかい？　君には複雑な感情があるようだけど」

言葉こそ優しいものの、そこには有無を言わせぬ奇妙な迫力があった。

「この状況では、久しぶりに会う相手をすぐには信用できないでしょう」

イリヤの言葉を聞いて、彼が何かを発しかけたとき、ぐらりと地面が揺らいだ気がした。

「！」

強い衝撃と同時に、イリヤの足許が傾ぐ。

「っ」

次の瞬間、アレクサンドルが自分の上に覆い被さってきた。床に押し倒されて胸が圧迫され、一瞬息が苦しくなった。

「…………」

アレクサンドルが自分を掻き抱いているせいで、その鼓動を感じるようだ。匂いもぬくもりも間近で、胸が苦しいのは物理的なものか心理的なものか区別がつかない。

庇ってくれたのか……？

「敵襲か⁉」

素早く起き上がったタラスの問いに対し、一拍置いてアレクサンドルは「わからない」と答えると、ばつが悪そうにイリヤから身を離して立ち上がった。

「俺が聞きに……」

「待て。襲撃だったらまずい。少し様子を見よう」

「だが」

アレクサンドルが言い淀んだところで、知らない男が部屋に飛び込んできた。

「二人とも無事か⁉」

「僕たちは平気だけど、どうした？」

「実験室で、爆薬の調合を間違えたらしい」

「大怪我をしたやつは、今のところいないみたいだ」

「よかった」

ほっと胸を撫で下ろした様子のタラスは、アレクサンドルに視線を向けた。

「それにしても、サーシャ。それはないだろう」

「何が」

「ここで誰かを庇うなら、女性のレオノーラじゃないか？　いくら美人だからって、イリヤは男だろう」

「それは……」

なぜだか口籠もるアレクサンドルに対し、レオノーラはころころと笑った。

「いいんですよ、ここで戦士になった時点で女性ってのは忘れてますから」

「レオノーラには悪いが、イリヤをここで死なせるわけにはいかない。まだ用は済んでいないんだから」

アレクサンドルの断固とした口調に、仄めかされた真意を悟ったイリヤの心臓がきりきりと痛む。

「記事を書いてもらいたいっていうサーシャの情熱は認めるよ。——よろしく、イリヤ」

「よろしくお願いします」

頭を下げたイリヤの口の中に、苦いものが広がる。

アレクサンドルが自分を死なせたくないのは、イリヤへの憎悪があまりにも強いからだ。こんな事故で楽に逝かせるよりは、もっとおぞましいやり口で処刑しようと考えているに違いない。

それほどの憎悪を向けられる理由があるがゆえに、イリヤは彼に逆らえなかった。

アレクサンドルがイリヤの部屋を訪れると、彼はまだ起きていた。薄着だったがどことなく眠そうな顔で、アレクサンドルを見て「どうした？」と聞く。

「何をしてるのかと思ってさ」

「あまりここには来ないほうがいい」

静かな声で忠告をされ、アレクサンドルは唇を引き結んだ。

汀《みぎわ》に波打つような、嫌な感覚だった。

ついこのあいだは、自分に犯されて泣きじゃくっていたくせに、年上らしく正論で忠告するところが腹立たしい。

わからないのは、昨日の事故のときにイリヤを庇ってしまった自分の行動だ。

こんな男は死んで当然だ。そう考えるのと同時に、ほかの誰にもイリヤの命を奪わせたくないと感じてしまう。自分にも、己の心がわからない。

「何でだよ」

「何でって……君の顔がドイツ軍に知られるのはまずいだろう」

「ミーチャを殺したくせに、どの面下げてそんなことを言うんだよ」

「…………」

イリヤは俯き、無言で室内に戻る。アレクサンドルはその後を追いかけると、ドアを後ろ手に閉めた。

「で、あんたは何を？」

「記事の一つも完成させなければ、君たちに疑われるだろう？　載せるあてもないけれど、見せるものがあったほうがいい」

　イリヤは素っ気なく述べ、食卓に置かれたタイプライターで何かを打ち込む。

「真面目なんだな」

「どうせならそれらしくするまでだ」

　既に打ち終わった紙が傍らにあったので、アレクサンドルは手に取って読み始める。

　イリヤは紅茶も淹《い》れずに白湯《さゆ》を飲んでいたようだ。カップが一つしかなかったので、アレクサンドルはそれを自分の口に運んだ。

　ちらりとイリヤがこちらを見やったが、特に何も言わなかった。

　綺麗な顔を持ち合わせているくせに、イリヤは妙に大雑把というか無頓着だ。

　ざっくりと記事に目を通すと、そこにはパルチザン運動に明けくれる青年たちの悲愴《ひそう》さが書かれていた。文章自体は淡々としているが、感情を抑えた筆致が、逆に、青年たちの窮状を示しているかのようだ。

　変にどちらかに肩入れしていないのは、アレクサンドルから見ても好感が持てた。

「悪くはないけど、少しおかしいな」

それを聞いて、イリヤは不思議そうに首を傾げる。前髪がさらりと揺れ、少女めいた過去の幻影をそこに見出しそうになり、アレクサンドルは慌てて書類に視線を戻す。

「ロシア語の文法、ちょこちょこ間違えてる」

「そうなのか……」

がっかりしたようにイリヤが肩を落とした。

「あんたはドイツ人なんだから、多少のミスは仕方ない。話すほうは完璧なのにな」

「それはどうも。だけど、それなら打ち直しだな」

「ペンを貸せよ」

「え？」

イリヤは訝《いぶか》しげに顔を上げる。

「どうせ打ち直すなら修正しておくよ。俺たちの広報になるんなら、少しでもましな記事を書いてもらわないとな」

アレクサンドルの言葉に、イリヤは小さく微笑んだ。

「手伝いはいらないよ。載せるあてもないと言っただろう」

「なくてもどこかへ送ればいい。まあ、タラスに見せてみるよ。資金提供者の中には、出版関係の人もいる。運がよければ、連合国のどこかで記事にできるかもしれない」

資金提供者たちは、長引く戦いに疲弊し、パルチザンに対する不満を漏らす者もいる。

だからこそ、アレクサンドルが先頭に立った資金集めも上手くいかないことが増えていた。

そこにつけ込んだのが、最近のし上がってきたボリスだ。

彼はあからさまにアレクサンドルを目の敵にし、何かと反発してくるのが厄介だった。

「好きにしろ」

呟いたイリヤの背中が、なぜか、少し小さく見えた。

もしかしたら、疲れているのかもしれない。

「どうしてあんたは軍人になった？」

「そうしなくてはいけないからだ。父はナチの支援者だからね」

「あんたはご立派な将校様だし、家族ぐるみで恩恵に与《あずか》っているってわけか」

「そうじゃない！　僕のせいで、父はナチと関係を持たなくてはいけなくなった。妹を守るためには、僕は……」

イリヤは声を荒らげる。

「どちらにしても、クラウスに出会った時点で終わってたんだ」

「クラウス？」

「僕の上官だ」

イリヤの表情に苦い気配が立ち込めており、それがあまりにも意外だった。

「ああ、あの司令官か……あんたはあいつの愛人だったな」

「そんなものになったつもりはない」

「じゃあ、何でだ？　初めてじゃなかったし、ただのお気に入りには見えないけど？」

性的な関係があったのだろうと匂わせると、イリヤは視線をますます落とした。

「――僕が無知な子供だっただけだ」

妙な胸騒ぎを感じて、アレクサンドルはイリヤをじっと見つめる。その白皙《はくせき》に答えは何もなかったが、それは、自分が彼の言葉を聞いていないせいではないのか。

どうしてだろう。

こんな状況なのに、あのときの彼を思い出してしまう。

ウィーンでの夏。二人で地下室に転げ落ちたとき、彼は震えていた。精いっぱい虚勢を張って弱みを見せまいとし、アレクサンドルを元気づけながらも、本当は怖がっていた。あの健気なイリヤが、唐突に脳裏に甦《よみがえ》ってきたのだ。

そこでかたりとイリヤが立ち上がると、寝室のドアを開ける。

「何だ、寝るのか？」

「するんだろう？　床で犯されるのは二度と御免だ」

自分の視線の意味を別のものだと受け取られたようで、アレクサンドルは一瞬、ショックを受けた。

考えてみれば、どうしてここに来たのだろう。

馴れ合うつもりなど毛頭なかったのに、いつの間にか、イリヤのそばにいるのがあたりまえになりかけている。

だめだ……。

こんなことでは、ドミートリィが浮かばれないではないか。あれでは、ただの犬死にだ。

アレクサンドルは自分の手をぎゅっと握り締めた。

もう昔のように戻れないのに、己はいったいイリヤに何を求めているのか。

「様子を見に来ただけだ。帰るよ」

「……そうか。気をつけて」

「あんたが撃たなければ平気だよ」

アレクサンドルの憎まれ口を聞いて、イリヤが小さく笑うのがわかった。

憎しみは確かにある。

怒りも。

なのに、イリヤを見つめているとそれすらも忘れそうになる。この混乱を、この気持ちを、何と表現すればいいのだろうか。

それは、イリヤにドミートリィを殺せるわけがないという確信めいた思いが、己の中に存在しているからかもしれなかった。

イリヤを知れば知るほど、その感情は強くなる。

「……何、考えてるんだ……」

アレクサンドルは首を横に振り、ゆっくりとした足取りで歩きだした。

自分のアパートまでは十五分ほどかかるが、ぼうっと熱い頭は一向に冷えなかった。

ドアノブに手をかけたアレクサンドルは、鍵が開いているのに気づいて身構えた。そっとドアを開けると、室内に人の気配はない。

思い切って踏み込むと、中はひどく荒らされていた。

「くそ！」

どう考えても、ドイツ軍の仕業だろう。

尻尾《しっぽ》を掴ませるような証拠は置いていないが、それでも、こうして引っかき回されているといい気分はしない。

イリヤの言うとおりに、盗聴マイクでも仕掛けられているかもしれないとも思ったが、彼らだってそこまで暇ではないだろう。

「ん」

床に落ちていた銀色のメダルを拾い上げ、アレクサンドルは舌打ちをする。まったく、踏んでしまったらどうするつもりなのか。

このあいだもイリヤの部屋で落としていたし、きちんとしまっておくべきだろう。

反省を覚えたアレクサンドルはそれを自分のデスクの引き出しに収めようとし、凍りついた。

ぐちゃぐちゃになった引き出しの中には、メダルがあったのだ。

掌に載せて、二つのメダルを比べてみる。

どちらも同じものだった。

ドミートリィの分は、彼の柩《ひつぎ》に入れた。それは間違いない。

だとしたら。

ざわっと全身から血の気が引いていく。

「嘘、だろ……」

思わず、アレクサンドルは呻く。

これはイリヤのものなのだ……。

ぎゅっと胸を押さえ、アレクサンドルはよろめくように壁に寄りかかった。

どうして。

どうしてこんなものを、まだ持っている？

考えられる結論は、一つしかない。

イリヤは変わってしまったわけではなかったのかもしれない。

軍人になった彼が何も明かさないからアレクサンドルがそう決めつけただけで、イリヤは彼なりの覚悟を抱いてオデッサに赴任したのかもしれない。

あの司令官に、イリヤは弱みを握られている様子だった。

逃れられない因縁に囚われて彼がここに来たのであれば、もしかしたら、そこから救うこともできたのではないか。

だが、今更、イリヤと腹を割って話し合えるわけがない。二人を繋ぐ細い糸を断ち切ったのは、ほかでもない自分なのだ。

憎しみでしか繋がれないと思い込み、理由も聞かずに彼を辱め続けたのは。

以前に比べて、日が長くなってきたようだ。

今日の陽射しはあたたかく、イリヤは目を細める。

「……イリヤ！」

声をかけられて、イリヤは顔を上げる。肉屋の店先に立っていたのは、見覚えのある青年だった。

「ステパーンじゃないか」

イリヤが驚きに目を瞠ると、彼は照れ臭そうに鼻の頭を掻いた。

「びっくりした。戻ってたんだ。もう一人……ヤコフは？」

アレクサンドルからは、ステパーンが任務でリヴォリに出かけたと聞いている。

「あいつは本部だ。俺はさ……その、あんたに会いたくて、抜け出してきたんだ」

「僕に？」

特に思い当たる節がなく、イリヤは首を傾げる。

「そう。それより、買い物は何？」

「あ……このあいだ、アレクサンドルが脂身の塩漬けみたいなものを持ってきてくれて……それが美味しかったから」

しどろもどろになって言うと、ステパーンは目を丸くした。

「そいつはサロっていうんだよ。それより、少しだけいいか？」

ステパーンは肉よりも別なことに関心があるらしく、表情がひどく暗かった。

「勿論」

ここにいては人に話を聞かれかねないと、イリヤは買い物を諦めて公園へとステパーンを誘う。人気のない公園のベンチに腰を下ろし、ステパーンはそこで口を開いた。

「——あんた、本当はドイツ人なのか？」

「え？」

単刀直入な質問にイリヤはぎょっとしたものの、何とか顔には出さずに済んだ。

「妙な噂を聞いちゃってさ……それで、ヤコフと喧嘩《けんか》して」

しょぼんとした様子は、そのせいだったようだ。

「ヤコフはちょっとドイツ語ができるから、リヴォリでドイツ人の捕虜と話したんだ。そうしたら、そいつが持っていた士官学校の写真に、あんたにそっくりのやつが写っててさ……あんたはドイツ人で、情報部とやらの有名人だって言うんだ」

「……むちゃくちゃだ」

取り繕おうとする声が震えたが、そこには彼は気づかなかったようだ。

「そうなんだよなあ。集合写真で、顔なんてちっちゃいんだぜ。あれがあんただって決めつけられるわけがない」

「それがどうかしたのか？」

「俺たちがいないあいだに、何度か襲撃されたって聞いたぜ。こっちの動きが筒抜けだったみたいだし……それで、あんたはともかく、サーシャが怪しいんじゃないかって話になってるんだ」

パルチザンの動きが彼らに筒抜けなのは、イリヤとアレクサンドルのせいではないはずだ。寧ろ、イリヤの情報のおかげで襲撃を免れている。もしイリヤが正直にスパイ行為を実行していれば、とっくにあのアジトの連中は全滅しているだろう。

「くだらないね。足を引っ張り合ってる場合じゃないはずなのに」

「馬鹿みたいだって思うだろ？　前ならこんな風に心配しなかったんだけどさ……最近、うちで幅を利かせてるボリスってやつが、サーシャを目の敵にしててさ」

「ボリスなら挨拶くらいはしたけれど、どうして？」

「サーシャは人望があるからかなあ。なんだかんだで、みんな、ボリスなんかよりサーシャを頼るしな。なのに、ボリスは上手い具合に資金調達してくるから、それですっかり発言力が強まったみたいだ」

　資金集めはアレクサンドルの仕事だそうだが、最近は身が入っていないようにも見えた。そういうことが影響しているのかもしれない。

「で、サーシャはドイツ語が話せるし、あいつは怪しいってボリスは吹聴してるんだよ。みんな最初は取り合ってなかったけど、戻ってきたヤコフの話を聞いて、一気にサーシャを疑うやつが増えた」

　憂慮を滲ませたステパーンの言葉に、イリヤは声もなく俯いた。

「それに……その、あんたとサーシャができてるって話になって」

「は⁉」

　あまりの衝撃に、イリヤは声を上擦らせる。

「お、おかしいよな。でも、ボリスがあんたたちがキスしてるのを見たって言うんだ。おまけに、このあいだの爆発事故でも真っ先にあんたを庇ったんだろ？　おかげで、あんたがサーシャを誑し込んで、パルチザンの動きをナチに伝えてるって言い出して……」

　ステパーンは赤面してあわあわと両手を振るが、それはまるで喜劇映画か何かのようで滑稽だった。

同時に、すうっと心臓が冷えていくような気がした。

「ともかく、あんたも当面は地下には来ないほうがいい。みんな気が立ってるし、いつどこで吊るし上げが始まるからわからないからさ」

「――そうするよ。どうもありがとう」

ステパーンは最後に「変なことを言ってごめん」と常套句を口にし、足早に立ち去った。

ボリスとアレクサンドルの不仲は以前にも聞かされていたが、そんな成り行きになっていたとは思ってもみなかった。

胸中に、不吉な予感が立ち込めている。

自分の知らないところで、何かが動いている。

パルチザンたちの情熱が、期せずして自己崩壊を招きかけているのかもしれなかった。

11

――サーシャを頼む。

夢の中、血まみれのドミートリィがイリヤの手に触れる。力の殆ど入らない手で、それでも、懸命にイリヤに縋ってきた。

――嫌だ。嫌だ、ミーチャ。死なないで！

冷笑を浮かべる部下たちの目も無視し、イリヤは彼に縋りついた。

――やっぱり君は、全然……。

あのときの彼は何を言おうとしたのだろう?

そんなものはわからない。

だけど、ドミートリィと約束した以上は、絶対にそれを果たす。

何があっても、この身に代えてもアレクサンドルだけは守る。

「！」

はっと目を覚ましたイリヤは、身動《みじろ》ぎをする。浅い眠りの繰り返しで、まるで睡眠を取れた気がしなかった。

肝心のアレクサンドルとは、ここ数日、顔を合わせていない。

彼が来ないのに安堵していたが、逆に、顔を見なければ見ないで、無茶を重ねて負傷でもしたのではないかと不安になる。

クラウスは一時的に司令部を留守にするとかで、暫く会えないとの伝言を受け取っていた。

勿論、アレクサンドルの処遇をクラウスに相談するわけにはいかないので、彼が不在な分にはかまわない。

イリヤはベッドの上で膝を抱え、昨日のステパーンの言葉を反芻《はんすう》していた。

「僕のせいだ……」

立ち上がったイリヤは鏡を覗き込み、こつりと額をぶつけた。

いくらアレクサンドルがパルチザンの中でも幹部候補だといっても、ロシア人のジャーナリストに扮《ふん》したイリヤを引き込むなんて筋書きには、最初から無理があったのだ。

クラウスからの野戦憲兵やＳＳの動向に関する情報提供もなくなり、イリヤがアレクサンドルの立場を保障することはできなくなりつつある。

こんなことならば、アレクサンドルの無謀な計画に荷担するのではなかった。

イリヤは唇を噛み締めると、キッチンに立ち入る。買い置きの黒パンを切ってから、それに冷えたサロを載せて齧りついた。

アレクサンドルの手土産のサロは美味しくて、なぜだか泣きたくなったせいで鼻の奥がつんとなった。

自分に何ができるか、考えなくてはいけない。

このままでは、アレクサンドルは冤罪で処刑されかねない。イリヤの身分が知れて彼らに嬲り殺される分には仕方がないが、かといって、アレクサンドルの身を危うくするきっかけを作るわけにはいかない。

半ば、心は決まっていた。

食事を終えて時計を見ると、八時を過ぎている。

身仕度を整えたイリヤは、早足で司令部を訪れる。型どおりのチェックを受けてから、守衛室へ向かった。

「場所を借りるよ」

これからの企《たくら》みを考慮すると、私服では目立ってしまう。

「ええ」

顔見知りの守衛が欠伸をするのを横目に、イリヤは領けておいた軍服に着替える。そして、うつらうつらしている彼の背後に回ると、クラウスの私室の鍵を手に取って、守衛室から滑り出た。

「おはようございます、中尉」

すれ違った下士官に声をかけられ、イリヤは冷ややかな面持ちで「おはよう」と応じた。

二階の奥にあるクラウスの私室へ足を運び、念のため分厚い扉を叩く。司令官代理でも在室しているかもしれないと思ったが、返事はなかった。

鍵穴に鍵を差し込み、右に回す。

——開いた。

やはり、部屋には誰もいなかった。

薄暗い部屋の電気も点けず、真っ先に彼のデスクに向かう。

留守が長いせいか、クラウスのデスクには書類や封筒の束がまとめて置かれている。

「……だめか」

がたがたと動かしてみたが、肝心の引き出しには鍵がしっかりかかっている。

クラウスほどの男が、油断するわけがなかった。他人を信用しない人物だけに、そもそも、ここには大切なものは置いていないのかもしれなかった。

オデッサの臨時司令官であるクラウスは、通行証明書を発行する権限を持っている。それがあれば、仮にドイツ軍の支配地域でも問題なく通過できる。要するに、仮にアレクサンドルであっても、彼は大手を振ってウクライナから出ていけるのだ。ドイツの占領地を上手く抜け出せれば、ヨーロッパでもアメリカでも好きなところへ逃れられる。

どれほど彼に憎まれていたとしても、アレクサンドルの命を守るのが、イリヤの使命だ。

その原動力は何であれ、最早、自分にはそれしか希望は残されていないのだ。

用紙さえあれば通行証明書を偽造できるのではないかと思って一縷《いちる》の望みに賭けてみたのだが、甘かったようだ。当然、文書の偽造は犯罪だ。こうして机を漁《あさ》るのも、犯罪ではないが咎《とが》められて厳罰を受けるべき行為に当たる。知られれば裁かれるのは必定だし、クラウスにますます弱みを握られる羽目になるだろう。

それでも、後には引けない。

早くことを終わらせなくてはいけないのに、イリヤの額にじっとりと汗が滲んだ。

引き出しを諦めたイリヤは、机の上の封筒を確認し始める。

どれもが重要だがイリヤには興味を持てぬものばかりだ。しかし、そのうちの一通だけサイズが違うのが妙に目についた。

宛名はないが、封は切られている。

イリヤは慎重にそれに触れると、中身を取り出した。

三つ折りの紙を広げてぎょっとしたのは、一行目からして見覚えがあったからだ。

『オデッサのパルチザンたち』

紛れもなくイリヤがタイプライターで打ち込んだ原稿で、アレクサンドルがタラスに見せてから後援者に渡すと言って持ち帰ったのだ。

まさか、パルチザンのパトロンとやらが、ドイツ兵に捕まったのか？　そして証拠品として押収されたのか。

　イリヤは素早く思考を巡らせる。

　いや、それならば組織も大騒ぎになる。アレクサンドルだって、イリヤのところを何度も訪れたりせず、新しい資金源の獲得に奔走するだろう。

　嫌な汗が掌にじっとりと滲む。

　注意深く観察すると、封筒の宛名はオデッサの私書箱だ。受取人の名もニコラス某《なにがし》で、クラウスとの関連を裏づけるものはなかった。

　なのに、解せないのだ。

「………」

　だとすれば――クラウスこそがパルチザンの後援者の一人なのか？

　あり得ないはずの仮定だったが、相手はあのクラウスだ。

　情報部《アプヴェーア》きっての切れ者で、長官の懐刀。そして情報部の長官は、密《ひそ》かに反総統派で暗殺を計画しているとも部内で噂されていた。

　何ともいえず不吉なものが、胸に込み上げてくる。

　クラウスは単なる後援者などではなく、英米仏の連合国のスパイだったとしたら……？

「！」

恐ろしい仮定に慄然《りつぜん》とし、イリヤは暫しそこに立ち尽くした。

イリヤを送り込んだのは、ドイツ軍の動きをあえてパルチザンに知らせるため。それによって、ドイツ軍に壊滅的な被害を与えるためではないのか。

少なくとも、オデッサが陥落すれば、ドイツ軍は重要な拠点を失うことになる。おまけに、兵士ではなく市民たちに負けたとあっては、ドイツ軍の士気も下がるだろう。

戦争の終結はイリヤ自身の望みでもあったはずなのに、どうしてか、足許がすべて崩れ落ちるような錯覚に囚われてしまう。

――怖い。

あの男が、本気で怖いと思った。

と、外で自動車の音が聞こえてきて、イリヤは姿勢を正した。

もしかしたら、クラウスが戻ってきたのかもしれない。

イリヤは震える指で書類を封筒にしまい込み、それを丁寧に戻す。なるべく元どおりに直してから、よろめくような足取りでクラウスの部屋を後にした。

カタコンベからは、また人が減った。

何ともいえぬ嫌な空気が立ち込めており、会議のためにやって来たアレクサンドルは気が滅入りそうになった。

「よう」

「あ……サーシャ」

医療スタッフはどこかよそよそしく、アレクサンドルを目にして視線を泳がせた。

彼と話していたボリスは、アレクサンドルを見て「やあ」とにやにやと口許を歪める。

彼は意味ありげな視線をアレクサンドルに向けてから、どこか楽しげな足取りで救護室を出ていった。

野戦病院の病室には怪我人が溢れており、タラスは浮かない顔で仲間を見舞っていた。

「タラス、こんなところにいたのか」

「サーシャ、ちょうどよかった。話がある」

真面目な顔で話しかけてきたタラスに対し、アレクサンドルは不審を感じて「うん」と首を縦に振った。

二人きりでの会話は珍しくもなかったが、タラスはわざわざ人払いをし、アレクサンドルを別室に招いた。

「このあいだ君が連れてきた、イリヤのことなんだが」

刹那、ひやりとしたが、アレクサンドルは素知らぬ顔で受け流す。

「ああ、あいつがどうかしたのか？」

「端的に言おう。ナチのスパイじゃないかと疑っている者がいる」

氷の如き冷たいものが、アレクサンドルの胸を撫でた。

それはするりと喉のあたりを落ちていく。

「ナチって……誰が言い出したんだ？」

声が掠れていなかっただろうか。アレクサンドルは不安を覚えた。

「ヤコフだ」

「ああ……リヴォリから戻ってきたのか。ステパーンは？」

「二人とも無事だよ」

「よかった！」

まだ顔を合わせていなかったが、無事だったのは喜ばしい。素直に喜びを顔に出したアレクサンドルを見て、タラスは瞬きをした。

「それが、喜んでばかりもいられないんだ」

「どういう意味だ？」

「彼らはリヴォリで捕虜のドイツ兵と会って、情報を聞き出そうとしていたときに、その男が持っていた写真に、イリヤらしき人物が写っていたらしい」

「へえ」

アレクサンドルは短く相槌を打ち、タラスの出方を窺う。

「一度、膝詰めで彼に話を聞くことになるだろう。異存はないね？」

「俺には関係ない」

脈が速い。

自分の表情が強張っていないか知りたかったが、それは無理な相談だった。

「そうかな。僕は君が、随分イリヤを気にかけているように見える。あのときも、君は真っ先に彼を庇った。カタコンベに足を踏み入れた以上、敵も味方もすべて戦士と見なす——それが君の口癖だったのに」

「………」

何も言い返せなくなり、アレクサンドルは視線を落とす。

弾劾されれば、イリヤはおそらく彼らを騙しきるほどのふてぶてしさはない。

行為のあいだ以外は、イリヤは理性的で冷静に振る舞うが、彼が書いた文章を読めば、パルチザンに好意的なのは明白だった。

パルチザンは他人の非を許さない。何かしらの疑いを持たれた時点で、イリヤの命運は尽きている。ボリスはアレクサンドルを処刑するため、証拠となるイリヤを生かしておいているにすぎないのだ。

「サーシャ。君はミーチャを失っている。もし、君が……」

「何だ？」

「君がこれ以上大切な相手をなくしたくないのならば、生き方を変える道もあるんじゃないか？」

「どういう……」

「つまりは、僕は君がそろそろこのゲームを降りてもかまわないと思っている」

　ゲームだなんて喩《たと》えは不謹慎だけどね、とタラスはつけ加える。

「親に突き放されるなんて、予想外だ。俺は賭け金も払えないと見なされてるのか？」

「そうじゃない。ただ……君は僕にとってかけがえのない友人だ。そして、君は間違いを犯さないと信じている。イリヤがどんな人間であれ、君が特別に感じているのであれば、そこには信ずるに足るものがあるはずだ」

　タラスの言葉は、珍しく主観的だった。

「買いかぶりだよ」

「君はきっと、我が国が立ち直るときに必要な人材だ。こんなところで、内部抗争で失うのは惜しい」

「褒めてくれるのは嬉しいけど、俺が逃げたら……」

「ドイツは負ける」

　アレクサンドルの発言を遮り、恐ろしいほどはっきりと、タラスは言い切った。

「だが、その過程で僕たちも同じくらいに大きな痛手を受けるだろう。それは、僕たちが自由を得るために彼らを殺してきた報いだ」

　冷徹な言葉に、アレクサンドルはぞくっとした。

「けど、君はまだ手を血で穢していない。だから、ここで引くべきだ」

　ふっとアレクサンドルは息を吐き出す。

「さすが……何でもお見通しなんだな」

「そりゃあ、ね。あれだけ迷った顔をされたら嫌でもわかるよ。友達だからな」

　タラスは肩を竦めた。

「君がしくじれば、イリヤも死ぬ」

「そこまで深刻なのか」

「近頃ボリスが幅を利かせてるのは知っているだろう？　僕には強烈なリーダーシップがあるわけじゃない。ああいう風に根回しされると、ボリスに流される者も多い」

　つまりは、派閥争いではボリスのほうがタラスに勝りつつあるという意味だった。

　厄介な話だが、世の中は得てしてそういうものだ。

「猶予はない。僕の言っている意味が理解できるね？」

「……ああ」

　とうとう、決断のときが来た。

　運命は必ず、一つの道を選ばせる。それが正しいか否かは、選んだあとでなくてはわからないのだ。

だが、自分に何かが選べるだろうか。

親、兄弟、国家——そして、過去のイリヤ。それらすべてを失った自分自身に。

外から聞こえてきた悲鳴と銃声に、イリヤは跳ね起きた。窓を覗き込んで夜の街を見やると、建物の向こうが明るくなっている。

隣か、更に隣の通りで何か騒ぎが起きている。

考えごとをしているうちに、眠り込んでしまったようだ。

ちょうど司令部から持ってきてあった拳銃を手に取り、外套を羽織る。慌てて階段を駆け下りて外に出ると、同じように怯えたまなざしの人々が集まっていた。

街全体が、ひどく騒がしい。

「何かあったんですか？」

もしや、ソ連の落下傘部隊でも攻めてきたのかと訝ったが、おどおどと立ち尽くしている老人の返答は想定外のものだった。

「カタコンベにドイツ兵が攻め込んでるらしい」

「！」

衝撃にイリヤは目を見開いた。

「昨日、ＳＳの将校が殺されたから、その報復だろ」

「やだやだ、物騒なもんだ」

彼らは口々に言い合いながら、寒そうに身を寄せ合っている。

「サーシャ……」

真っ青になったイリヤは、財布も持たずに走りだした。

「貴様、何をしている！」

角を曲がったところで、ライフルを手にした兵士に声をかけられ、イリヤは「シュレーゲル中尉だ」と答えざるを得なかった。

「簡易身分証明書《ケンカルテ》を見せろ」

イリヤがケンカルテをポケットから出してみせると、彼は街灯の細い光でそれを確認し、そして慌てて「失礼しました」と威儀を正した。

「かまわない。作戦は？」

「野戦憲兵の作戦と伺っております」

「……そうか」

野戦憲兵の管轄であれば、組織系統が違うため、国防軍のイリヤには出しゃばった真似はできない。

作戦内容だけでも聞き出したいが、軍服でなければいちいちケンカルテを見せなくてはならず面倒だ。

かといって軍服に身を包んでうろうろすれば、誰かに見つかりかねない。今でさえも疑われているアレクサンドルに、決定的な打撃を与えてしまうだろう。

嫌だ。死なせたくない。やっと会えたのに。

誰よりも大切な、何よりも輝かしい、自分だけの特別な存在。

彼がいなくなることなんて、考えられない。

考えられないんだ……。

何の収穫もなく悄然とアパートに戻ってきたイリヤは、泣きだしそうな気持ちを堪えていた。

アレクサンドルがいなくなってしまったら、どうすればいい？

支えが何もなくなってしまう。

だとすればこの土地からどこかに逃がしたいのに、今の自分はあまりにも無力だ。アレクサンドルを救うための権力も、クラウスに通行証を発行してもらうだけの交渉力も持ち合わせていない。

「どうしよう……」

イリヤは煉《れん》瓦《が》の壁を殴りつけてから、失意のうちに階段を上っていった。

――部屋のドアが、開いている。

いくら自分が焦っていても、ドアくらいは閉めていったつもりだ。

もしかしたら、アレクサンドルだろうか？

「サーシャ！」

勢いよくドアを開けたイリヤを待ち受けていたのは、食堂の椅子に座したクラウスだった。

彼は国防軍の制服を身につけており、その外套はコート掛けで揺れている。食卓には彼の軍帽が置かれていた。

「クラウス……」

彼は振り返りもせず、悪びれずに述べた。

「久しぶりだね。留守中私の部屋に忍び込んだようなので、お返しをしてみたんだよ。驚いたかい？」

気づかれているとは予測していたが、こういう風に逆襲されるのは心臓に悪い。

イリヤは素知らぬ顔で外套を脱ぎ、それを椅子の背に掛けた。拳銃をズボンの尻ポケットにねじ込んだのは、このほうが抜きやすいからだ。

「わざわざ、そんなことを言うためにいらしたのですか？」

「いいや。一つ言い忘れていたことがあったんだ。また忘れてしまう前に、伝えておこうと思ってね」

「だからといって、こんなところに出入りするのはやめてください。僕を殺す気ですか」

「簡単には死なせてあげないよ」

顧みたクラウスは、相変わらず皮肉な笑みを浮かべていた。

「あなたが何を考えているのかわからない……」

「わかったことなど、これまでに一度もなかったはずだ」

肩を竦めるクラウスは、憎たらしいくらいに不遜だった。

「もし僕が潜入したままだったら、今夜の手入れで死んでいたかもしれないのに」

「それはないな。これでも私は君を大切にしているんだ。君は私が手塩にかけた、一番可愛い人形だ。無駄死にさせるのは惜しい」

「では、あなたの真意を教えてください」

「私の真意など、知ったところでどうなる？　君に何の影響もあるまい」

「あります」

イリヤは拳銃を抜き、それでクラウスの心臓を狙う。狙撃の腕は人並みだったが、軍人であればこの距離なら外さない。

「どのように？」

狙われているのにもまったく動じず、クラウスは落ち着いて尋ねた。

「あなたは本当に総統に忠誠を誓っておいでですか」

「珍しいことを聞くね」

クラウスの口許に刻まれた笑みが深くなる。

「私が従うのは私自身のみだ。誰も私の主人にはなれない」

「だから、ですか」

「ん？」

「だから、僕を裏切ったのですか？」

詰問する声が震えてしまう。

「君を裏切っているのは、いつものことだろう？」

クラウスは命のやり取りをしている最中だというのに、余裕を崩さない。

「では……」

「それに、罪深いのは君も一緒だ。君はベルリンにいるときから、情報部の職務に忠実ではなかったはずだよ。ドイツが戦争に負けるように、君は上層部に渡す情報を操作して、少しずつ我らが第三帝国を劣勢に導こうとしていた——違うかい？」

ここで自分の罪に触れられるとは夢にも思わず、どきりとした。

「どの罪を暴かれたいかな？　英空軍の落下傘部隊の上陸地点に関して誤った情報を教えたことか、兵站の補給に関してあえて敵が多いルートを示唆したことか、それとも——いや、数えるのは無意味だな。君が軍に与えた損害がどれほどかは、君自身の手で隠蔽されている」

「…………」

故国をあの政権から解放したかった。戦争で負ければ人々は目を覚まし、おぞましい思想を捨て去るかもしれない。そう考えて、イリヤがただ一人で計画を考え、実行に移したのは事実だった。

自分の顔色がどうなっているかは、鏡を見なくてもわかる。

いつかこんな日が来るのは、覚悟していた。

だが、断罪者がクラウスだと思ってはいなかっただけだ。

「別段、それくらいは驚きに値するものではなかろう。何しろ、情報部は上層部からして、総統を亡き者にしたがる連中が巣食っているからね」

「――僕を告発するのですか」

「告発に意味があるものか。下手をすれば、こちらに火の粉がかかりかねない。君を呼び寄せたのは、単に、そろそろ長官の思惑がＳＳに気づかれそうだと知ったからだ。精査されれば、いずれは君の罪も明らかになるだろう。感謝してほしいくらいだね」

クラウスは相変わらず悠然とした態度だった。

「あなたの目的は何ですか」

「無論、彼の醜悪な帝国の終焉《しゅうえん》だ」

自分の想像が正しかった驚きに、イリヤは息を呑んだ。

「第三帝国は、じきに滅びる。今やあれは亡者の国だ。そんなものと心中するくらいなら、早くことを運べるほうに味方するのは当然だ」

言外に自身が故国を裏切っていると平然と匂わせるあたり、やはりクラウスは、イリヤの想像どおりに連合国のスパイなのだろう。

「でしたら、僕をベルリンに戻していただけませんか。軍功を立てれば、帰していただける約束です」

「君は私の話を聞いていなかったのか？　戻れば死ぬだけだ」

「そんな事態になったとき、僕がいなければ家族は……妹は酷い目に遭います。彼女を助けなくては」

「ヴェローニカなら死んだよ」

「！」

信じ難い一言に、息が止まりそうになる。

「冗談は……」

「こんな不謹慎な冗談を言えると思うかい？　ちょうど君が到着した頃だ。風邪をこじらせて亡くなったと電報が届いたのだが、帰っても間に合わないし、気落ちさせるのも可哀《かわい》想《そう》だったからね。頃合いを見て話そうと考えていて、そのまま忘れてしまったんだ」

斯くも重大な事実を、クラウスが忘却するはずがない。

覚えていて、言わなかったのだ。

心の中で怒りの焔《ほのお》が燃え盛り、一瞬のうちに腹の奥を焦がしていく。

ヴェローニカがいなくなれば、自分は軍人でいる意味すらなくなる。

イリヤの思惑くらい、知悉していたがゆえに。

「パルチザンへの潜入捜査はおしまいだ。ご褒美に、君がご執心のサーシャのことだけでも何とかしてあげよう」

やはり、クラウスはアレクサンドルの存在に気づいていたのだ。

良心など持たない彼が、約束を守ってくれるとは到底考えられなかった。

「可愛いイリヤ。私は誰よりも高潔な君が絶望するところを見たいんだ。君をそばに置いておくのは、私の悦びだ」

「――もう、自由になりたいんです。最前線にでも送ってください」

イリヤはクラウスに面と向かってそう訴えた。

「私から逃げたいのか？」

「はい。あなたの人形でいることには耐えられません」

このまま人形でい続ければ、イリヤの魂は殺され、アレクサンドルすら救えない。

「人形で何が悪い？　私は君がどんな相手と寝ても気にしないし、いつでも可愛がってあげるよ。素直になりなさい」

イリヤは首を横に振った。流されてはいけない。クラウスの言葉はいつも砂糖をまぶしたように甘いけれど、結局彼はイリヤを傷つけたいだけだ。

「僕は……」

「君は私の思想からは逃れられない。だから、情報部でもあんなことをしてのけたんだろう？　君に自由を与えたところで、私の支配が恋しくなるはずだ」

違う――と、思う。

でも、最早、何もわからない。

優美と頽廃を愛するクラウスの思考に共鳴し、イリヤは貪《むさぼ》るように、彼が手ずから与えるものを享受し続けた。

自分とクラウスは、切っても切り離せない存在なのだろうか。

だとしたら、ここで一旦は離れたとしても、いつか自分はクラウスの元に戻ってきてしまうかもしれない。

喘ぐように息をしながら、イリヤは拳銃を下ろして食卓に置いた。

だってもう、何もかも失ってしまった。

ドミートリィ、ヴェローニカ……アレクサンドル。

一番大切なものは、すべて、手が届かないものになり果てた。

だめだと自覚しているのに、躰は早くも屈したがっている。思考を放棄し、快楽に溺れたいと逃避を欲している。

手を伸ばしたクラウスに答えるようにイリヤはその膝に座り、顎を摑まれて口を開く。唇を求められて、イリヤはそれに応じて舌を受け容れた。

濃厚なくちづけに、頭がぼうっとしてくる。

「ふ……ぅ……」

「いい子だ。拗《す》ねているところも可愛いよ。私から逃げたいなんて、できもしないくせに」

「ん、ん」

イリヤはたまらなくなって、自分の尻をクラウスに擦りつけて行為をねだる。

もう、いい。何も考えたくない。いつか来る破滅の瞬間をクラウスと迎えるのが、自分には相応しい末路なのかもしれない。

――だけど、それならばアレクサンドルはどうなる？　クラウスが約束を守る保証はないのに。

このままでは彼を救えない。

「どうした？」

イリヤが残された最後の理性を振り絞って顔を背けたそのとき、かたりと音を立てて、ドアが開く。

「！」

はっとしてイリヤがそちらに視線を向けると、足を踏み入れた青年が後ろ手にドアを閉めるところだった。

精悍な顔の男前は、険しい面持ちでクラウスとイリヤを交互に凝視する。

「サーシャ！」

「イリヤ」

互いの声が期せずして重なり、イリヤは弾かれたように立ち上がった。

「無粋な客人だな。生憎、今は取り込み中だ」

クラウスの声が、少しばかり面白そうな響きを増した。

「あんた……」

イリヤが立ち往生するのを楽しげに眺めながら、クラウスは長い脚を組み替える。

「……知ってのとおり、彼は僕の上官だ。帰ってくれないか」

「嫌だ」

「馬鹿！」

本気で叱咤するイリヤに対して大股で歩み寄り、アレクサンドルはイリヤの右腕をぐっと摑んだ。

そして、強引に開かせた手に何かを載せる。

「！」

「あんたのだろう？」

それは、ここでなくしたとばかり思っていたあのメダルだった。

イリヤのお守り。

とても大切にしていた、幼い頃の思い出。

「――君が持っていたのか」

「自分のと間違えて、持って帰ってたんだ。悪かった」

「そう、か……」

イリヤはふっと息を吐き出した。

よかった。

これさえ取り戻せれば、もう、思い残すことはない。

「探していたんだ。ありがとう」

「手短かに済ませるから、話がしたいんだ」

「僕から話すことは何もない。帰ってくれ」

ここから早くアレクサンドルを遠ざけないと、クラウスの動きは予想もつかない。

「イリヤの気持ちがわからないのか？　君は邪魔者だという意味だ」

「何だと？」

「とはいえ、折角来たんだ。駄賃くらいはあげよう」

立ち上がったクラウスは外套のポケットから何かを取り出すと、それをアレクサンドルに向けて差し出した。

「え？」

「爆発物などではないから開けてごらん。君に必要なものだ」

押しつけられた封筒を見やったアレクサンドルは、その中身を目にして眉を顰める。

「ドイツ語か」

「見せて」

そこに入っていたのは、一通の通行証明書だった。

「これは……通行証だ」

「通行証？」

呆れたことに、クラウスはイリヤがなぜ私室に忍び込んだのかも察していたのだ。

イリヤがちらりとクラウスの表情を窺うと、彼は泰然と肩を竦めた。

「大切な相手なのだろう？　逃がしたいのなら逃がしてかまわない」

「いいのですか？」

「勿論。その代わり、君は私に最後までつき合ってもらうよ」

クラウスがイリヤの手を取り、優しく甲にくちづける。

「さあ、帰ってもらいなさい。これから君のはしたないところを彼に見せたいなら、話は別だが」

アレクサンドルに抱かれたベッドで、今度はクラウスに嬲られるわけか。

今宵はきっと、すぐには許してもらえまい。それこそ、イリヤがクラウスのものになると隷従と忠誠を誓うまで、責め抜かれるのだろう。

自身の運命を予期したイリヤは暗澹《あんたん》たる思いに囚われかけたが、表面上は何とか平静を装った。

「彼の言うとおりだ。君はそれを活用して、ここから逃げたほうがいい。組織の中での自分の立場がどうなっているかは、君自身がよく理解しているはずだ」

「あんたは？」

「僕のことはどうでもいい。所詮、僕は軍人だ」

「だめだ、イリヤ。このままじゃ終わらせられない」

鋭い声を差し挟まれて、イリヤは項垂れつつ口を開いた。

「……君は僕を憎んでいるんだろう？　なら、関係ないはずだ」

「違う」

アレクサンドルはそう断じ、いきなり、イリヤをぐいと引き寄せる。

ついで、顎を掴まれた。

「ッ」

あまりにも熱い唇だった。先ほどクラウスに弄られていた口腔から、それを追い出そうとするかのように、アレクサンドルは大胆かつ力強く舌を動かした。唾液が溢れ、顎を滴り落ちていく。

眩暈を覚えるほどのキスに、イリヤは押し退けることもできずに棒立ちになってしまう。

「――これが俺の答えだ。関係ないなんて、言わせない」

「どういう……」

さすがに顔を赤らめるイリヤの細腰を更に引き寄せ、アレクサンドルは決然と言い切った。

「あんたが好きだ」

この状況で何を言っているのか……。

「憎んでいると思ってた。許せないとも。だけど、もうわからない……あんたのことを思いすぎて、自分でもぐちゃぐちゃだ。それでも、あんたをほかのやつに渡すのだけは、一番嫌なんだ」

「待て。状況を弁《わきま》えてくれ」

「弁えたらあんたが手に入るのか？　違うだろ？」

「だからって……。今、自分で言ったばかりじゃないか。君は僕を許さないんだろう？」

「許さなくても、一緒にはいられる」

アレクサンドルはそう断言し、イリヤをぎゅっと抱き締める。

「あんたとなら、どんな地獄に墜ちてもいい」

それを耳にして、クラウスは喉を震わせて笑った。

アレクサンドルはそこで漸くクラウスのことを思い出したようで、彼をぎらぎら光る目で睨みつけた。

「よくよく求愛される日だな。面白い、君はどちらを選ぶんだ？」

クラウスがむざむざ自分たちを逃がしてくれるとは、思えない。だが、彼はアレクサンドル一人ならば見逃してくれるだろう。

「僕は……」

「言ってあげなさい、イリヤ。君の血も肉も私によってかたちづくられていると。初めてのときから、どれほど君が私を欲してきたか」

「——そのとおりだ。僕は……僕は、穢れている。君の前に立つ資格もない」

イリヤは掠れた声で発した。

「父を陥れ、妹を裏切ってきた。軍人になったのも、クラウスの望みどおりで……僕はた

だ、クラウスに脚を開くだけの人形だ……」

　惨憺たる告白を強いられ、イリヤは唇を震わせる。

「私が仕込んだだけあって、この子の躾は絶品だったろう？　挿れながらキスをすると、一番感じるんだよ。イリヤはいつも罰されるのを望んでいるからね」

「やめてください」

　辱められる苦痛に、イリヤは細い声で哀願する。

「彼なりに、君を守ろうと必死だったんだ。私に君の存在を気づかれぬように、懸命に演技をしてきた。そのあたりを汲んであげてはどうかな」

「そしてあんたは、イリヤで人形遊びをするのか？　救われないな」

　アレクサンドルは吐き捨てた。

「だいたい、人形にあんな気持ちの入った記事が書けるわけがないだろ。俺を守りたいっていうのも、その大佐の命令なのか？」

「…………」

「素直になれよ、イリヤ。あんたはもう立派に一人で歩いてる。何を選ぶのもあんたの自由なんだ。選ぶのが怖いなら、いつでも俺が助けてやる」

　そう言ったアレクサンドルは胸ポケットから何かを取り出し、それをクラウスに向ける。

　粗末な拳銃に覚えがあるのは、パルチザンの工作室で作られたものだからだ。

「見たところ君は、やつらの中でもまともな部類のようだが……私を撃てるのか？」

「撃たなければ、イリヤが手に入らないなら」

　クラウスを真っ向から睨みつけて、アレクサンドルは静かに言い切った。

「よせ！　この人を殺せば、今度こそ君はドイツ軍に追われる羽目になる」

「それでもいい」

　ひたむきなほどに強い目だった。

「このままあんたと離れてしまうよりは、ずっといい。こいつを殺せばあんたが自由になれるなら、それくらいやってみせる。あんたを逃がしてやる」

　胸が震える。

　逃げられるのか？　クラウスの手から？

　ほかでもないアレクサンドルがそう言ってくれたのであれば、それで十分だ。

　罪は許されずとも、それでも、救われたような気がした。

「――君は馬鹿だ」

　イリヤは首を振って、それから、悠然と事態を見据えるクラウスを顧みた。

「クラウス。アレクサンドルだけは見逃してください」

「残念だが、それは彼の返答次第だ。通行証を使って一人で逃げるのならかまわないが、そうでないのなら……」

笑みを浮かべたクラウスは俊敏に動き、逆にアレクサンドルの眉間を自身の拳銃で狙った。

残念ながら、アレクサンドルがクラウスに太刀打ちできるとは、到底思えなかった。

自分が残るといえばクラウスは納得するだろうが、アレクサンドルがそれを是としてくれるかどうか。

「とはいえ、私は寛大だからね、望むのであれば君のサーシャと一緒に飼ってあげよう。いつでも好きなときに彼と番《つが》うといい。三人で、というのも君は好きかもしれないな」

クラウスの声はあくまで甘く艶やかだった。

いつも自分を屈服させ、自尊心を蹂躙する痛みで酔わせてくれたその声。

「あんたのそれは、ただの支配欲だ」

アレクサンドルは言い切った。

「君は違うのか？　こんなに綺麗で繊細な子がいたら、欲しくなるだろう？　自分の手で傷つけたくならないかい？」

「俺は独り占めしたい。俺だけのものにしたい。ほかの誰かに触らせるなんて、絶対に願い下げだ」

「そうか。ならば、交渉は決裂だ」

クラウスの手が動いた瞬間、アレクサンドルが「伏せろ」と短く命じる。

咄嗟にイリヤが床に伏せるのと、アレクサンドルの拳銃が火を噴くのは同時だった。

「――下手だな」

クラウスが呆れたような声で言う。

硝煙と血の匂いが鼻をつく。

目を凝らすと、アレクサンドルの撃った弾はクラウスの腿《もも》に当たったようだった。

「拳銃の精度か、腕が悪いのか……その程度でイリヤを守れると思うのか？」

クラウスの声は、掠れていた。

「できる。だから手を出したんだ。行くぞ」

イリヤがクラウスに視線を向けると、彼は肩を竦めた。

「……まったく、私はつくづく君に甘い」

クラウスは息を吐き出し、わずかに声を震わせた。顔をしかめたのは、さすがに傷が痛むのだろう。

「三つ数えてあげよう」

「クラウス」

「逃げ切れなければ、君の負けだ。――行きなさい」

アレクサンドルはイリヤの腕を摑み、そのまま、引き立てるように外に連れ出した。

12

一頻《ひとしき》り通りを走り、家から離れたところで、忙《せわ》しない軍用車の走行音が聞こえてくる。

おそらく、クラウスが人を呼んだのだろう。

「もう、無理……」

漸く立ち止まり、二人は息を整えた。

「平気か？」

「――大丈夫だ」

肩で息をしながら、イリヤは暗がりでアレクサンドルを見上げた。アレクサンドルの表情はどこか強張っている。

「君はどうするんだ？」

「俺は……」

アレクサンドルは何かを言いかけて、それから、諦めたように首を横に振った。

「通行証があっても、逃げられるものじゃない。自首するよ」

「逃げてくれ」

間髪容れずに、イリヤはアレクサンドルに縋った。

たとえどれほど惨めに見えたとしても、かまわない。

「どうして？」

「あのとき、ミーチャに君を頼むと言われたんだ」

「そうだったのか」

どこか惚《ほう》けたような声で、アレクサンドルが相槌を打つ。

「だから、耐えてきた。何があっても、君を生き延びさせるために」

「今夜の襲撃は耐えきれたみたいだが……俺には仲間を見捨てられない」

「彼らは君を殺そうとしているじゃないか！」

「仲間の手にかかって死ぬなら、それも運命だ」

「違う！」

イリヤは激しく首を横に振る。

「そんなわけがない。そんな言葉で片づけていいはずがない。僕にはもう、大切なものは君しか残っていないのに……そんなことを言わないでくれ」

「イリヤ……」

アレクサンドルが呟き、つらそうな面持ちでイリヤを抱き締めた。

「全部捨てろっていうのか？　仲間も故郷も、全部」

「――決めるのは君だ」

「ずるいな、こういうときだけ……俺につけ込む気か？」

アレクサンドルは苦笑し、くしゃくしゃと自分の髪を掻き混ぜた。

「おまえは、俺をわかってない。俺の中に幻を見てる。昔の思い出を重ねているだけだ」

「それでも、僕は……僕は、君に生きていてほしい。君が大切なんだ」

何も言わないアレクサンドルに、イリヤはしがみついた。

何としてでも、この人の心を動かさなくてはいけない。

百の言葉、千の思い。そんなものが通用するだろうか。

何を失ってもいいからアレクサンドルだけは守り抜きたいという願いは、いったいどんな感情から生じていたのか。

――それは……。

「どうして？」

戸惑ったように尋ねられ、その結論はするりと唇から零れた。

「好きだから」

「え？」

アレクサンドルが驚いたように、イリヤから躰を離す。まじまじと見つめられて、イリヤは自分が炙《あぶ》られたように真っ赤になっているだろうと予想した。

「何て言った？」

「好きって……」

「本気か？」

聞き返されると、我ながら混乱してしまう。足許に落ちた短い影を見ながら、イリヤは自分のこめかみに手をやった。

「わからない……わからないけど、でも……君に死んでほしくない。君のことを守りたい。どうすればいいのか……」

　とうとう泣きたくなって、イリヤは俯いてしまう。

「あいつにそう言われたのか？」

「クラウスは関係ない。この気持ちは……これは、僕だけのものだ……！」

口にしてみて、初めてわかった。

自分の中にある、一番原始的で一番強い感情。

それにどんな名前をつければいいのか。

「あんた、本当に箱入りなんだな……」

「え？」

「あのいけすかない男が骨抜きになるわけだ」

理解できない発言を聞かされ、顔を上げたイリヤはきょとんとした。

「クラウスが？　彼は僕を利用しているだけだ」

「そういうところがさ……」

ふう、とアレクサンドルは息を吐き出した。

「……わかった。わかったよ、降参だ。俺も逃げる」

「本当に⁉」

イリヤが彼のコートを掴むと、さも照れ臭そうにアレクサンドルは笑った。

「ああ、みんなは俺が逃げることに価値を見出している。それならば、乗ってみるほかなさそうだ」

「それでいい。だったら、ここでお別れだ」

「あんたも逃げろよ」

「え？」

「あたりまえだろ、これで満足してる場合か？　ここに残れば、あんたはあいつに適当な罪をでっち上げられて、二度と逃げられなくなる」

アレクサンドルと一緒に？

そんな幸福な夢を描いてもいいのだろうか？

「だけど、一緒は無理だ」

期待は呆気なく潰《つい》え、イリヤは己の女々しさを内心で嘲った。

「——そうだな」

先ほどの好きという言葉は、クラウスへの対抗心が言わせたはったりなのだろう。ここでイリヤの手を離すのも、致し方ないことに思えた。

「そうじゃないよ。本当は一緒に行きたい。あんたみたいな危なっかしいやつを放っておけない。でも、あんたはドイツ人だ。俺と山づたいに逃げれば、パルチザンに捕まったときに酷い目に遭う。逆の可能性もある。通行証があっても危険は変わらない」

「でも、それじゃ、ミーチャとの約束が……」

イリヤは口籠もった。

「兄貴はたぶん、俺を守ってほしくてあんたに俺を頼んだわけじゃない。あんたが無事でいることが俺の生きる希望になるからだ。希望を持ち続けられれば、またあのホテルで会える。約束はまだ有効だろ?」

——そういうことか……。

「問題はどうやってこの街を出るかだよな……あいつ、三つ数えるって言っただろ。すぐに追いかけてくるはずだ」

先ほどのクラウスの言葉を、彼は気にかけていたようだった。

「いくら彼でも、さすがにそこまで意地悪じゃない。三時間ってところだろう」

アレクサンドルと離れてしまうのは不安だったが、この場合は仕方がない。

「始発まで、か」

「そうだと思う。――それまでは、居場所がない。君の部屋にいさせてくれないか」

「……ああ」

少し考えてから、アレクサンドルが首肯した。

「あいつが心配か？」

「クラウスは……地獄からでも生き返るような人だよ。ちっとも心配じゃない」

さばさばとイリヤが言い切るのを見て、アレクサンドルは「怖いやつだな」と声を立てて笑った。


アレクサンドルの部屋はイリヤのそれとは正反対に生活感があり、デスクには本が積まれている。ベッドカバーにはウクライナ特有の幾何学模様の刺繍が施されており、赤と黒が目立つ。

「これ、綺麗だな」

イリヤが丁寧なステッチを褒めると、アレクサンドルは頷いた。

「赤は喜びや太陽、愛を表して、黒は大地の色だ」

「同じ色合いなのに、鉤十字とはだいぶ違う」

イリヤが視線を落とすと、アレクサンドルは気を取り直すようにベッドカバーを捲った。

「いいから、脱げよ」

好きな人と触れ合うのは未知の体験で、緊張が止まらない。

イリヤは言われるままに裸になり、すぐにベッドに潜り込んだ。

そこかしこからアレクサンドルの匂いがして、痛いくらいに神経が張り詰めてくる。

「何だよ。恥ずかしがって、生娘みたいじゃないか」

「ええと……その……特別な相手は初めてで……」

毛布を胸元まで引っ張り上げたイリヤが全身を朱に染めたのに気づいてか、衣服を脱ぎ捨てて裸になったアレクサンドルは、呆れたような面持ちになる。

「まさか、好きなやつと寝たことがないのか?」

「…………」

クラウスは自分にとっては特別だけれど、好きな相手ではない。

何も言えずに俯いた途端に、身を屈めたアレクサンドルがイリヤの躰を毛布ごとぎゅっと抱き締めてきた。

「痛い」

「可愛いよ」

「年上に向かって、そういうのは……」

「よくないかな。めちゃくちゃ可愛い。本当だ」

アレクサンドルの精悍な顔が近づいてきて、イリヤは狼狽のあまり顔を背けようとしたものの、今度は顎を軽く摑まれて固定されてしまう。

「アレクサンドル……」

「サーシャって呼べよ」

「呼ぶなって言ったくせに」

「もう、そういうのはいいだろ。じっとして」

ぺろっと鼻の頭を舐められ、くすぐったさにイリヤは目を細めた。

「時間がないんだ。無駄な抵抗はやめろよ」

「君には羞恥心がないのか？」

「そりゃ……あるよ」

やけに素直にアレクサンドルが認めたので、イリヤは拍子抜けして彼を凝視する。

「あんなに酷い目に遭わせたのに、今更何をって気持ちはある。けど、そういうことを言うのは時間の無駄だ」

「……うん」

イリヤは首を縦に振る。

「あんたが好きだ。好きで、好きでたまらない。一度だって忘れたことはなかった」

「僕も」

もう一度アレクサンドルの顔が近づいてきたので、イリヤは今度こそ目を閉じる。重ねられた唇は乾いていて、それから、唇に舌が触れてきた。上唇を舐められたせいで相手の要求に気がついて口を開けると、ぬるんと舌端が潜り込んでくる。舌を絡めるキスに、窒息しそうなくらいに頭がぼうっとしてきた。

「ん、ん」

短く息を漏らしながらアレクサンドルの首にしがみついていると、彼が確かめるようにイリヤの膚を掌で辿ってきた。

「ッ」

小さな乳首に彼の手が伸び、触れられた途端にイリヤは身を震わせる。

「それ、やだ」

「やだって、何で」

宥めるような声音が優しくて、イリヤは羞《は》じらいに目を伏せた。

びっくりするほど、全身が過敏になっている。こんなことは初めてだった。

「だめ……だから……」

「ここで感じるのか？」

驚いたように呟いたアレクサンドルはキスをそれきりやめて、濡れそぼった唇を今度は胸元に近づける。

「あうっ」

きつく吸い上げられて、イリヤはびくんと腰を突き上げるようにして躰を跳ねさせた。

「弱いんだ？」

「……たぶん」

そこで中断するかと思ったが、そうではなかった。年上の男の弱みを見つけたのが嬉しいのか、アレクサンドルは小さな乳首を舌で丹念に転がす。まるで飴玉《あめだま》でも舐めるように上下に乳首を弄られて、つきつきと痛くなってくる。

「も、やだ……いたい……」

「硬くなってる。まだ、こっちはやわらかいな」

今度は左の乳首だった。

突起を指で摘み、くりくりと抉るように彼が刺激を加える。それだけで頭がぼうっとしてきて、イリヤは膝を立ててふるふると首を横に振った。

「……サーシャ……意地悪、してるのか……？」

「可愛がってるんだよ。ほかに弱いところ、あるだろ？」

「ない」

「即答したってことはあるんだな」

「どうしてそうなるんだ」

イリヤは抗議の声を上げたが、アレクサンドルは今度は肋骨《ろっこつ》や脇腹を撫で始める。

「ッ」

彼の手が腰骨の下に触れて、イリヤはびくんと跳ね上がった。

「ここも？」

「う……」

どうしてだかそこは弱くて、いつも、責められると神経を抜かれたようにぐずぐずになってしまう。

「そっか……ここもだめなんだ。あんたの躰、感じるところばかりだな」

「…ん、やだ……ッ」

そこを指で強めに押されて、語尾が甘ったるく跳ねた。それだけで、刺激が信号のように直接的に下腹部に届き、とろとろに蜜まみれになったペニスが勃《た》ち上がり、はしたないくらいに自己主張してしまう。

「ひ、ん……んっ……」

「すごいな」

感心したように呟いて、アレクサンドルは兆しているイリヤの性器に指を絡めた。

「アッ」

「こっちもぬるぬるだ。全部あの男に許したのか？」

緩やかに扱かれながら真剣な声音で問われて、イリヤが視線を上げる。

「クラウスに……？」

「そうだ」

「……うん」

嘘をついても仕方がないのでこくりと頷くと、彼は舌打ちをする。

「悔しいな」

「…で、も……」

「そうだよな。初めてはもらった。あんたが好きな相手と寝るのは初めてなら」

「あっ！」

声を上げてしまったのは、アレクサンドルがイリヤの秘所に指を忍ばせたせいだ。

「や、あ、あっ……なんで……」

最も弱いところを二箇所同時に責められ、理性がどろどろに蕩けてしまう。全身が燃え盛るように熱くなり、イリヤの汗ばんだ躰に敷布が纏わりつく。

長い指はこちらが望むポイントの周囲を探るように押し、それだけでイリヤを惑乱させせた。

「…ふ、ぅう…ん、ん…だめ…いく、達く…ッ…」

中を虐めながらぎこちなく尖端を撫でられて、イリヤは躰を撓らせるように達していた。

長い射精のあと、ひくひくと間歇《かんけつ》的に身を震わせるイリヤを見つめ、アレクサンドルはふっと微笑んだ。

「可愛い」

「それはもう、いいだろう」

これ以上ないほど赤面するイリヤを見下ろし、彼は「よくないよ」と口答えをする。

「いいから、もう挿れて……頼むから……」

こんな風に焦らされるのは、自分の精神衛生にとってもよくなかった。

「……それ、反則だろ」

呟いたアレクサンドルは全裸になると、イリヤの髪を指に巻きつける。

「どうやって抱かれたい？」

「は？」

「前からとか、後ろからとか、立ったままとかさ」

真っ赤になって俯いたイリヤを見て、ベッドに上体を起こして腰を下ろしたアレクサンドルは、イリヤに「自分で挿れてみて」と囁く。

「えっ」

あんまりな要求だった。

「あまり時間がないし、今までしなかったこともしておきたいんだ」

「だって、恥ずかしい……」

「あいつにもさせたのか？」

「………」

これ以上反抗すると、クラウスとの過去を掘り返されそうだ。

頬を染めつつも、イリヤは、おずおずと彼の腰に跨《また》がる。それから、彼のペニスに手を添えると小さく深呼吸をした。

挿れられたら正気でいられるか、自信がない。

だけど、挿れたい。お腹の奥深くに彼を迎え入れて、めちゃくちゃに突き上げてほしい。孕むくらいに熱い体液を、この腸にご馳走《ちそう》してほしい……。

覚悟を決めてから、イリヤはゆっくりと腰を下ろしていった。

「あ、あっ……うー……ッ」

逞しい性器が、めりめりとイリヤの肉の峡谷を容赦なく突き崩していく。

「すごいな……入るのが、見える」

「うるさい……っ」

抗議するための声さえも、掠れてしまう。視界がぼやけているのは、涙が滲んでいるせいだろう。

「いやらしくて、綺麗な顔してる……」

アレクサンドルは今までで一番大きくて硬い気がする。そんなに差があるわけではないのに、互いの気の持ちようで、こんなに違うのか。

お腹の奥、どうしようもないところまで、アレクサンドルでいっぱいで。

「まずいな」

「え？」

「めちゃくちゃ、いい……おまえの中……」

魘《うな》されるように言ったアレクサンドルはイリヤの腰を両手で掴み、いきなり、下から欲望を叩き込んできた。

「ああっ！　ひ、ん、待って……待って」

「待てない」

ぐちゅぐちゅと水音すら立てて、アレクサンドルが休まずに何度も腰を突き上げてくる。

「でも、そこ……だめ、よわい、から……」

「そうだ、ここだったよな」

弱い一点を早くも思い出し、アレクサンドルがそこを狙って責めてくる。甘く狂おしい責め苦に喘ぎ、イリヤは躰を震わせた。

「いやだ…それ、や…よすぎて…」

せつないくらいに全身が疼いて、何をされても快感に置き換えられてしまう。

「あ、あっ……やだ、んっ」

「いいくせに、何で嫌がるんだよ」

「怖い……」

感じすぎるのが、何よりも恐ろしい。

どこまでも引き摺られて上り詰めるような、落ちていくような、その感覚をどう形容すればいいかわからなかったからだ。

「んー……ッ」

情熱的に唇を塞がれると窒息しそうになるのに、クラウスに抱かれているときのような、男に征服されている気分にならないのが不思議だった。

イリヤは必死でアレクサンドルの腰に両脚を絡めて、彼を繋ぎ止める。

——これが、好きな人とするってことなのか……。

イリヤはそんなことを考えながら、汗みずくになってアレクサンドルにしがみつく。互いの膚と膚が蒸れたように湿っているのも、気持ち悪くなんてない。

そのうえ、アレクサンドルに合わせて自分の腰も淫らに動いてしまう。もっと深いところに彼を導いて、そこから自分を染め上げてほしくて。

「イリヤ……イリヤ」

キスの合間に一心に名前を呼ぶアレクサンドルに激しく責められ、下腹部が痺れてつきつきと痛いくらいだ。

「待って……達く…、達きそう……」

切れ切れに訴えると、アレクサンドルは「達って」と囁いた。

「俺で達ってよ」

「ん、いく…いっちゃう、…いく…ッ…」

喘ぎながら上り詰めるイリヤの肉体は、ただただアレクサンドルだけを求めている。

どろどろと蜜を弾けさせたイリヤの中に、アレクサンドルが精を放つ。

「ここ……サーシャでいっぱい……」

イリヤが自分の下腹を撫でながら呟くと、放心していたはずのアレクサンドルが再び目を爛々《らんらん》とさせた。

「だめだろ、それは」

「?」

いったい何が相手を豹変《ひょうへん》させたのか訝るまでもなく、彼はイリヤを組み敷き、今度は彼が主導権を握って正常位での抽挿を開始する。

「…や、…そこ、だめ……だめ、サーシャ……すごい……」

啜り泣きながら、イリヤはアレクサンドルに与えられる純粋な愉悦に溺れた。

「嫌じゃないだろ?」

自由に動けるようになったアレクサンドルは、イリヤを押さえ込んで力強く肉壁を穿つ。

ペニス全体で捲り上げるように内側を不規則に刺激され、イリヤは息も絶え絶えだった。

「ん、い…だめ、まって……そこ、…おかしく、なっちゃう…からっ…」

「ここがいいんだ?」

「んうッ」

太くて逞しいペニスが、脆《もろ》い内壁を無秩序に突き上げてくる。過敏な肉襞を擦られる歓喜に惑乱し、イリヤは身悶《みもだ》えした。おまけに、張り詰めた乳首を何度も刺激されて、痛いくらいに心地いい。涙で視界がじんわりと滲んだ。

「すごいな、本当に……中がうねって、おまえが悦んでるのが、わかる」

「あ、あん…いや、…はずかし……やだ…っ…、とまらない…たすけて……」

「馬鹿……可愛すぎるだろ」

間近で見つめるアレクサンドルは雄そのものの顔つきで、イリヤを夢中になって征服していく。こうして求められることこそが悦楽にほかならず、イリヤは振り落とされないように必死でアレクサンドルの背中に爪を立てた。

「暫く会えなくなるから、しっかり覚えておけよ……俺のかたちも、熱も」

「ッ……！　だめ、そんなの…あ、あっ…ああっ⁉」

叩きつけるような激しさで肉の奥底を穿たれ、イリヤは背中を弓形に撓らせる。そんなイリヤを離すまいとするように、アレクサンドルが更に強く背中を抱き締めて躰を密着させる。彼の筋肉質の腹に擦られ、刺激され、感覚が昂ったまま戻らない。イリヤの感覚器が壊れてしまったかのように、先ほどから達きっ放しだった。

「ひん、ん、んあっ、きもちい…ああ、いい、そこ…いく、いく…ッ！」

自分が何を口走っているかわからないまま、イリヤはアレクサンドルを離すまいと夢中で肉を引き絞った。

このまま、彼と繋がったままでいられたら死んでもいいのに。

「好きだ」

「…僕も……」

狂おしいほどに喘ぎ、イリヤは何度も好きだと訴える。

愛しい人に抱かれる至上の悦び。初めて味わう目眩《めくるめ》く歓喜に、イリヤはただひたすらに溺れていた。

＊　＊　＊

ドイツが降伏してもなお、戦争はまだ終わらない。

一九四五年初夏。

かつて美しかったこの音楽の都ウィーンは空襲の被害に遭い、どことなく荒廃している。

二人が逃亡を決行してから暫く後、オデッサはついに侵略者たちから解放された。

イリヤは紆余曲折《うよきょくせつ》を経て、何とかここまで逃げ延びてきたのだ。

オーストリアはドイツに併合されていたので連合国に攻撃された痕跡がそこかしこに残っていたものの、それでも、人々は日常を取り戻している。

懐かしいホテルは閉鎖されており、門は錆《さ》びてしまっている。火事が起きたらしく、建物はなかった。

「日にち、決めておけばよかった……」

そう呟いたイリヤはホテルの敷地に足を踏み入れ、ゆっくりと中に入っていった。

逃亡中にイリヤは久しぶりにザクセンに戻ったものの、両親は既に他界していた。残念ながら、ヴェローニカもクラウスの言ったとおりだった。

ドイツは敗北し、何もかも、なくしてしまった。

今のところ、クラウスが戦死した記録はなく、彼の末路については判然としない。ウィーンには彼の家族がいるはずだが、探し出すつもりは毛頭なかった。どうせ彼はふてぶてしく生き延びているだろうから、見つかってしまえば面倒な話になる。

それを考慮すると故国に長居できず、イリヤは逃げるように出国してきた。

雑草が伸び放題の庭は、昔日《せきじつ》の面影はない。

イリヤは足音を忍ばせ、そのまま真っ直ぐ中庭へと向かう。

ここにいる確信はない。

会えるかどうかも、わからない。心変わりする可能性だってあった。

朽ちた東屋のベンチに一人の青年が腰を下ろし、本を読んでいた。

無骨な彼の手許には、あの銀のメダルがある。

夢でも、幻でもない。

待ち望んでいた瞬間が、ついにやって来たのだ。

己のメダルをその上に重ねると、気配に気づいたアレクサンドルが面を上げ、「生きていたのか」と微笑んだ。

「第一声がそれか？」

「久しぶりだ、イリヤ。相変わらず綺麗だ」

立ち上がったアレクサンドルは、イリヤの頬に触れた。

「無事だったんだな」

ぎゅっと抱き締められて、「うん」と言ってそのあたたかな胸に顔を埋める。

「会いたかった……」

珍しく素直な言葉がイリヤから零れたからか、アレクサンドルは小さく笑う。

「俺もだよ」

たくさんの回り道を重ねて、やっとここに辿り着いた。

「いつから待ってた？」

「日にちを数えるのも面倒なくらいだ。もう、会えないのかと思った」

アレクサンドルの大きな掌がイリヤの背中を撫で、首から髪へと這い上がる。それだけでぞくりとして、イリヤは吐息を零した。

どうしていたのかとか、何をしているのかとか、聞きたいことは山ほどあった。

けれども、それらは、今はもう無意味な質問だ。

誰よりも焦がれた人が、目の前にいる。それがすべてなのだ。

「愛してる」

「………」

イリヤが顔を跳ね上げ、驚いたようにアレクサンドルを見つめた。

「何だよ……好きだって、前から言ってただろうが」

「で、でも……愛してるっていうのは……」

「愛してなければ、こんなに追いかけないよ」

「ずるいな……本当に」

イリヤは笑みを浮かべ、アレクサンドルの胸に凭れかかる。

「おまえは？」

「……秘密だ」

「白状しているみたいなものだな」

軽口を叩きながらアレクサンドルは、愛おしげにイリヤの髪を撫でる。

「無事でよかった」

呟かれる言葉は、とても優しい。

世界には光と色彩が溢れ、最早、二人を隔てるための色はどこにもなかった。

あとがき

このたびは『真紅の背反』をお手に取ってくださってありがとうございます。初めてシャレード文庫さんから出していただく本は、大変マニアックな題材になりました。もともと地下空間萌えがあり、オデッサのカタコンベの話はいつか書きたいと思っていました。しかし、歴史ものとして書くにはオデッサや占領関係の資料がまったく見つからなかったのと、逆に史実に寄せるとＢＬから遠く離れてしまうので、自分であれこれ設定を作り歴史ファンタジーとして執筆いたしました。

最初はかなりの難産でしたが、クラウスのキャラが定まってからはイリヤとアレクサンドルを引っ張ってくれて、間男パワーが漲る一冊になったと思います。間男が活躍するからにはと、自分の大好きなネタや定番シチュエーションも盛り込みました。

最後に、お世話になった皆様にお礼を。

本作に華麗な挿絵を描いてくださった円陣闇丸様。軍服最高です。そして表紙のイリヤが羽織ったコートの設定に痺れました。まさか彼のものだったとは……。お忙しいところを本当にどうもありがとうございました！

担当の佐藤様。長い改稿に根気強くつき合っていただけて、大変助かりました。

そしてこの本を読んでくださった読者の皆様に、厚く御礼申し上げます。

それでは、またどこかでお目にかかれますように。

和泉　桂

参考文献（順不同・敬称略）

「ウクライナ・ファンブック　東スラヴの源泉・中東欧の穴場国」平野高志・著（パブリブ）
「ドイツ軍事史　――その虚像と実像」大木毅・著（作品社）
「独ソ戦　絶滅戦争の惨禍」大木毅・著（岩波書店）
「オデッサ　――黒海に現れたコスモポリス」嵐田浩吉・著（東洋書店）
「タイタス・アンドロニカス」シェイクスピア・著　松岡和子・訳（筑摩書房）
「射的場と墓地」ボードレール・著　富永太郎・訳（青空文庫）

本作品は書き下ろしです

和泉桂先生、円陣闇丸先生へのお便り、
本作品に関するご意見、ご感想などは
〒101-8405
東京都千代田区神田三崎町2-18-11
二見書房　シャレード文庫
「真紅の背反」係まで。

CHARADE BUNKO

真紅《しんく》の背反《はいはん》

【著者】和泉《いずみ》 桂《かつら》

【発行所】株式会社二見書房
東京都千代田区神田三崎町2-18-11
電話　03(3515)2311[営業]
　　　03(3515)2314[編集]
振替　00170-4-2639
【印刷】株式会社 堀内印刷所
【製本】株式会社 村上製本所

落丁・乱丁本はお取り替えいたします。
定価は、カバーに表示してあります。

ISBN978-4-576-20057-6

https://charade.futami.co.jp/